Préface de Véronnick Thammer

Ministre des paradis fiscaux

Préface

Bon, pour faire court, cette histoire est hallucinante, ahurissante ; poignante, bouleversante, prenante, pétrifiante, angoissante, choquante, intrigante, terrifiante, statufiante, convaincante, intransigeante, larmoyante, vivante, tuante, pénétrante, battante, pas chiante, alléchante, terrassante, fatigante, réservée aux indépendantes et même aux croyantes.

AMEN !!!

Véronnick Thammer

Contact :
Véronnick Thammer
6 bis (66 donc) rue des Emphoirés Dhéditheur
(à gauche après le tas de neige et en face de la Khapital Khamouphlé Tower)

Moscou.

Le téléphone est celui du Kremlin.

Note de l'auteur

Les propos provocateurs tenus par (Aubin), ainsi que les descriptions outrancières des personnages ou des lieux, ne sont qu'un prétexte à l'aboutissement d'une œuvre humoristique dont le seul but est d'amuser le lecteur. Ils ne sont en aucun cas le reflet des idées ou des convictions de l'auteur.

Page réservée aux compliments

Exemples

- Génial,
- Extraordinaire,
- Billet d'entrée à l'académie Française
- etc.

Mais je ne veux pas t'influencer !!!

Merci ! Merci ! C'est bon, tu me gênes !

Page réservée aux critiques

Exemple :

– J’en trouve pas !

Xxxxxxxxxxxxxxxxxxxxxxxxxxxxxxxxxxx xxxxxxxxxxxxxxxxxxxxxxxxxxxxxxxxxxxxxx xxxxxxxxxxxxxxxxxxxxxxxxxxxxxxxxxxxxxx xxxxxxxxxxxxxxxxxxxxxxxxxxxxxxxxxxxxxx xxxxxxxxxxxxxxxxxxxxxxxxxxxxxxxxxxxxxx xxxxxxxxxxxxxxxxxxxxxxxxxxxxxxxxxxxxxx xxxxxxxxxxxxxxxxxxxxxxxxxxxxxxxxxxxxxx xxxxxxxxxxxxxxxxxxxxxxxxxxxxxxxxxxxxxx xxxxxxxxxxxxxxxxxxxxxxxxxxxxxxxxxxxxxx xxxxxxxxxxxxxxxxxxxxxxxxxxxxxxxxxxxxxx xxxxxxxxxxxxxxxxxxxxxxxxxxxxxxxxxxxxxx xxxxxxxxxxxxxxxxxxxxxxxxxxxxxxxxxxxxxx xxxxxxxxxxxxxxxxxxxxxxxxxxxxxxxxxxxxxx xxxxxxxxxxxxxxxxxxxxxxxxxxxxxxxxxxxxxx xxxxxxxxxxxxxxxxxxxxxxxxxxxxxxxxxxxxxx xxxxxxxxxxxxxxxxxxxxxxxxxxxxxxxxxxxxxx xxxxxxxxxxxxxxxxxxxxxxxxxxxxxxxxxxxxxx xxxxxxxxxxxxxxxxxxxxxxxxxxxxxxxxxxxxxx xxxxxxxxxxxxxxxxxxxxxxxxxxxxxxxxxxxxxx xxxxxxxxxxxxxxxxxxxxxxxxxxxxxxxxxxxxxx

Merci ! je tiendrai compte de tes remarques.
Promis, juré !

Avertissement

Salut à toi ami(e) lecteur !

Si tu es à cheval sur le français, la syntaxe, le point-virgule, de suspension, d'interrogation de compression, de croix, ou sur la gueule, laisses tomber !

Ce qui va suivre est grossier, vulgaire, antilittéraire, irrespectueux, irrévérencieux, excessif, provocateur un chouia raciste, un poil mégalo, passablement débile, anti littéraire, bref tout ce qu'il faut et un peu plus pour avoir des emmerdes avec les adhérents de l'ANPF (Association Nationale des Pisse Froid de l'hexagone) mais surtout tiré de faits rigoureusement inventés.

Si tu es toujours là, alors, prends ta veste et suis-moi ! Mais je t'aurai prévenu !!!

La presse en parle

Ouah ! Le républicain royaliste

Putain Corse soir

Oh, la vache !! Dernières nouvelles du Zimbabwe

Oh, l'Enc..... ! La raie publique

(Etc..)

Conforme à la loi de transition énergétique

Imprimé sur papier toilette recyclé.

Alors si cette histoire t'emmerde, tu peux toujours le réutiliser !

Ce livre est une œuvre de fiction et les noms des personnages et événements sont le fruit de l'imagination de l'auteur.

V6

Table des matières

Chapitre 1

Pour tout te dire, je ne suis pas trop rassuré en abandonnant ma caisse le long du trottoir. Faut te préciser que je viens de poser mes pompes au beau milieu d'un nid de zonards. Ça grouille de partout. Je te les décris. Le haut, capuche rabattue sur une casquette à visière inversée, le milieu, derniers vestiges de ce qui fut il y a longtemps un pantalon de survêt, le bas une paire de tennis de chez ReeNike. A leurs gueules, tu piges illico que tu représentes précisément le genre d'individu qu'il rêve de désintégrer.

Alors si en plus tu débarques avec une tire comme la mienne, c'est même plus de la provoque, c'est de l'agression, une déclaration de guerre. Imagine un peu, une Hyamazaki bi-turbo à variateur compensé dernier modèle. Tu vois lequel ? Celui-là même que dans tes rêves les plus fous t'oses pas t'offrir ! Le dernier symbole de la plus haute technologie. La puissance cumulée de trois formules 1 et entourée d'une carrosserie que même Ferrari ou Lamborghini à côté, ont l'air de balayeuses municipales.

Quant au confort je t'en parle même pas, ton cerveau ne supporterait pas d'essayer d'imaginer. Essaie quand même ! Tu prends la plus belle piaule du plus luxueux des palaces de Vegas (je peux pas donner de nom) tu la multiplies par dix, que dis-je, par vingt et ce que tu parviens à imprimer, comparé à ma caisse ressemble à une cellule de monastère.

Ça y est, tu visionnes ?

Alors forcément, tu débarques en ces lieux où la beauté n'a d'égale que la puanteur, au volant de cette mécanique, c'est un peu comme si tu arrivais à poil et à reculons au beau milieu d'un congrès de tarlouses. Oh pardon, ça m'a échappé ! Attend ce n'est qu'une image ! Ail ! A voir ta tronche je sens venir les emmerdes ! Dis-moi si je dois chercher un bon avocat. Bon tant pis, je continue. De bagnole que veux-tu, j'en ai pas d'autre, quant au métro il ne vient pas jusqu'ici.

Remarque, je te dis ça, mais même s'il venait, je te déconseillerais de l'emprunter vu que d'abord je ne serais pas sûr que tu le rendes, mais surtout, même nanti du ticket de retour, tu te retrouverais à pince because qu'avant la dernière station, ton métro il n'aurait plus une roue, plus un siège, plus une vitre et t'aurais la tronche taguée pire que des pissoirs d'autoroute !

Tout en t'exposant mes états d'âme, dont tu n'as d'ailleurs rien à foutre vu que t'es d'un égoïsme peu banal (si si, ne nie pas !) Je repère un groupe de jeunes en voie de puberté qui me regarde arriver comme si j'étais le frangin d'ET. Je lis dans leurs regards et crois-moi c'est un exploit, un mélange d'incrédulité, d'agressivité et de trouille aussi, (si si crois-moi) qui me fait comprendre qu'ils me prennent pour un Keuf. Je sens qu'il me reste très peu de secondes pour leur prouver que je n'en suis pas un et sauver mon scalp.

Heureusement pour moi, j'extirpe de ma poche en guise de carte tricolore, une poignée de biftons dont la couleur leur fait jaillir les globes oculaires. Je déchire la liasse en deux et leur promets l'autre moitié si à l'occasion de mon retour, ma bagnole est toujours en bonne santé. Crois-moi, ça marche à tous les coups. D'abord parce que je ne suis pas flic, ensuite parce que des biftons ça te change rapidos la vie d'un homme (si j'ose dire dans le cas présent).

A leurs tronches, je pige illico que le premier qui aurait de mauvaises intentions envers ma bagnole ne connaîtrait jamais la prochaine aube, parce-que j'ai oublié de te dire, il fait nuit. Faut être quelque part un peu décoiffé pour venir traîner ses basques seul ici, le soir, en bagnole de sport, bourré aux as et fringué à faire pâlir un tennisman du 16ème. Mais que veux-tu, c'est mon style. Tu m'imagines en rappeur ? Visière sur la nuque, T-shirt flottant sur un falzar montgolfière ? Soyons sérieux !

Remarque bien, je ne suis pas non plus complètement inconscient. Bien que je ne sois pas flic et ne possédant aucune autorisation de port d'arme, j'ai tout de même pris mes précautions. J'ai dans la ceinture un pistolet à eau. Te bidonne pas, c'est l'exacte vérité. Un pistolet disais-je, plus vrai que nature, chargé à bloc d'un mélange d'urine de député mâle et de gastro ministérielle. J'en ai modifié la puissance selon les instructions de Mac Gayver (vu à la télé) et ça marche puisque mon jet sur simple pression peut atteindre les douze mètres, (enfin celui de mon pistolet pas le mien, je suis plus modeste)

T'as déjà vu un mec, la gueule peinte en bidet du XVI -ème y compris les yeux, continuer à te chercher des noises ? Mais attention, pas que j'oublie de t'avertir que tout est dans le dosage !!! Je te dirai un autre jour, tu verras c'est facile.

Je déambule au milieu d'un indescriptible capharnaüm. Le sol est jonché de carcasses calcinées, de vieux frigos qui sentent la merguez périmée, de squelettes de cyclomoteurs, de squelette tout court, celui d'un huissier qui n'a pas couru assez vite en traversant le parking.

Je cherche le bâtiment Q. C'est là que la personne que je souhaite rencontrer habite. Du moins c'est ce qu'elle m'a déclaré au téléphone.

– *J'habite au Q (ne cherche pas de mauvais jeux de mots où il n'y en a pas).*

Je finis tout de même par le trouver. C'est un superbe bâtiment entièrement en béton véritable, nanti de ce qui un jour se sont appelées des entrées mais qui à ce jour t'invitent plutôt à sortir. Il y en a quatre parfaitement identiques. Plus de portes, plus de carreaux, plus de peinture à part une multitude de tags qui t'invitent à aller te faire mettre en compagnie de ta mère ou de ta sœur.

Il manque des marches aux escaliers, les ascenseurs pointent aux abonnés absents, ce qui fut un dallage est jonché d'excréments de clébards ou d'autres animaux d'espèces inconnues vu la taille et la couleur de ce que j'essaie de ne pas piétiner. Pour couronner le tout, sur les boîtes aux lettres, il en reste encore quelques-unes, les numéros et les noms ayant subi l'outrage du temps, ne sont plus que souvenirs. Je n'ai d'autre solution que tenter de remplir les vides entre les lettres restantes.

Pour être facteur dans le coin faut une mémoire d'ordinateur. Encore que je me sois laissé dire que les braves fonctionnaires de cette institution déposaient la totalité du courrier destiné au quartier dans la première poubelle à gauche en sortant de la poste. Ce qui est sans la moindre importance puisque quoi qu'il en soit, c'est ainsi que finirait les lettres de l'administration. Sauf peut-être celles émanant de la caisse des allocs ...... ?????

J'ai pas de bol, le nom de la personne que je suis venu voir est introuvable. Je vais devoir me taper les escaliers, les paliers, faire les portes une à une, un cauchemar d'autant qu'à partir du premier les ampoules ont fait le choix de quitter leurs douilles.

Le temps qui s'écoule n'est plus de ce monde. Je m'arrête sur chaque seuil et à l'aide de mon porte-clés torche (mais non pas cul, mauvais esprit) je scrute les étiquettes surchargées, rayées, des blases je te dis pas ! Impossibles, illisibles, des noms que dans tes pires délires tu peux pas inventer. Des noms que quand tu les portes, même avec la meilleure volonté du monde, t'es condamné au R.SA. Même l'A.N.P.E peut pas t'inscrire. Des blazes que seuls les requins de la Méditerranée peuvent digérer. (ça y est, encore des emmerdes en perspective, on peut vraiment plus rien dire dans ce pays !) C'est bon, c'était pour détendre l'atmosphère ! Atmosphère, Atmosphère Etc…

Des blazes que tu le déclines à un flic, il croit à une injure et t'emplâtre. Quand tu t'appelles comme ça, ton futur prend l'aspect et l'odeur d'une fosse septique. Ma parole j'exagère pas, t'as intérêt à croire en la réincarnation en espérant que la prochaine fois, tu tires une meilleure carte.

J'en suis à la troisième entrée en partant de la droite, si tu préfères la seconde en partant de la gauche, j'aborde avec méfiance la première marche, quand dans un bruit d'enfer, un cataclysme vivant, bronzé ébouriffé, âgé d'une dizaine d'années, féminin à ce que j'en déduis, me déboule contre.

– *Pardon m'sieur !*

Eh, attends ! Tu connais madame de Monflacon ? Tu sais la voyante !

– *Ah oui, la vieille bâtarde ! Au sièmtrois, la porte lébru.*

J'en conclue aussitôt que la gamine est férue en langues étrangères et que le verlan est sa langue quotidienne, aussi tandis que la tornade s'éloigne, je replace la phrase dans le bon sens. La porte brûlée au troisième. Effectivement, la lourde a connu des heures chaudes. Elle menace l'effondrement. Pourtant je suis obligé de la frapper, la sonnette ayant perdu ses cordes vocales.

C'est long, très long, pourtant je patiente car je sais au feulement qui émane de l'appartement, que quelqu'un se déplace et qu'en conséquence, la porte va s'ouvrir. Elle s'ouvre en effet et madame de Monflacon, du moins je subodore que c'est elle, me dévisage, me scrute, m'approfondit, me soupèse, m'ausculte, me tâte (heureusement seulement des yeux) qu'elle a superbe soit dit en passant.

Des yeux qui te foutent les miquettes, qui te coagulent, qui te fouillent jusqu'au troufignon, de beaux yeux de vipère qui émergent difficilement des plis des paupières. Deux petits points légèrement cuivrés au milieu d'un monticule fripé, graisseux, collant, gluant, posé sur un corps de la même matière recouvert quant à lui d'une tunique jaune et violette de douze mètres carrés sans compter les ourlets, le tout agrémenté d'une exécrable petite voix fluette, timide, enfantine, choquante, dérangeante dans la bouche du mastodonte qui me demande si je suis bien celui qui lui a téléphoné.

En bref et pour conclure cette interminable mais nécessaire description, madame de Monflacon est dodue.

Mais comme je suis poli et qu'en fin de compte je ne suis pas là pour la demander en mariage je lui réponds que oui, que je suis bien celui auquel elle fait allusion, que je suis très heureux de faire sa connaissance, que je compte beaucoup sur elle et sur son art pour m'aider dans mes recherches etc... etc... mais elle me stoppe illico.

– *Ça va, fermez-la, entrez !*

Madame de Monflacon s'efface, c'est comme ça qu'on dit, pour me laisser entrer. Hélas au passage, je suis obligé bien que me plaquant contre le mur, de traverser de part en part ce monticule de protéines. Noyé au beau (c'est vraiment une image) milieu de ses nichons, je tente désespérément d'apercevoir la lumière. Je voyage terrifié dans un univers glauque, malodorant malgré les cent litres quotidiens d'eau de Cologne dont elle s'asperge (faudra que je pense à m'en acheter. Je parle des asperges) mou, enrobant, que dis-je, marécageux, et ce n'est que lorsque je vais capituler, dire adieux au monde, que j'émerge enfin dans le couloir.

– *Allez-y, c'est droit devant.*

Je m'exécute, (elle a failli le faire à ma place). J'avance vers une paire de rideaux cramoisis, épais, relevés de pompeuses embrasses dorées. Je franchis le seuil de velours pour me retrouver dans une pièce sombre aux fenêtres obstruées par des doubles rideaux identiques à ceux du couloir. Les murs sont tendus de tissu violacé. Des trucs kabbalistiques dont la signification n'est connue que de leur propriétaire pendent à des crochets en laiton en forme de têtes de Diable.

Une table juponnée, (pas de culotte sous le jupon) un lit de repos, un fauteuil crapaud (ce qui me paraît normal ici) deux chaises visiteurs Louis XXI, composent le mobilier. Ici et là des candélabres délabrés (je rigole) répandent une lueur dansante qui tente vainement de se mirer dans l'énorme boule de cristal qui occupe le centre de la table. Le tout dans une odeur d'encens prisonnière depuis des lustres, des tentures et des rideaux.

Madame de Monflacon pénètre derrière moi dans la pièce, me fait signe de m'asseoir et s'installe face à moi.

– *Alors, que puis-je pour vous ?*

– *Et bien chère madame, comme je vous l'ai indiqué lors de coup de téléphone, je m'appelle Bertrand Michel et ...*

– *Menteur !*

– *Pardon ?*

– *Je dis que vous mentez, ce n'est pas votre*

nom ! Ici c'est inutile, je sais à la moindre de vos intonations si vous me racontez des salades, alors c'est inutile je vous le répète. Si c'est de me donner votre nom qui vous dérange et bien ne me le donnez pas tout simplement, mais surtout épargnez-moi vos mensonges ou partez immédiatement !

– *Mais madame...*

– *Il n'y a pas de mais madame ! Allez au but et sans détours. Pensez à votre portefeuille, plus c'est long plus c'est cher.*

Et bien dis donc, je viens de me faire remettre d'équerre ! Pas facile la rombière. Mais bizarrement, j'ai brusquement envie de tout lui dire, après tout elle est à ce qu'il paraît voyante, alors voyons.

– *Pardonnez-moi vous avez raison, mon vrai nom est sans importance. Je suis enquêteur privé, je travaille pour qui me paie. Je dois vous avouer que je gagne bien ma vie n'ayant pour ainsi dire jamais connu l'échec. Mais pour la première fois, je dois avoir recours à une voyante médium pour tenter d'avancer dans mes recherches.*

Il se trouve qu'une de mes clientes est sans nouvelle de son mari depuis plus de trois mois. Celui-ci a eu l'idée pour la moins saugrenue, de se fourvoyer dans un trafic de sulfate de zingolprouff qui comme vous le savez est un minerai extrêmement rare donc extrêmement cher.

On ne trouve ce sulfate que dans le sud du Glankistan, une toute petite royauté totalitaire, gouvernée par un tyran, une, devrais-je dire, puisqu'il s'agit d'une femme, la reine Saale Bhourik.

Il est bien évident que ce petit état dont la capitale est Kachmouasah, est fréquemment revendiqué par les puissances frontalières, mais sans la moindre tentative d'incursion ou d'annexion, ce qui allumerait illico la mèche du baril de poudre. C'est ce qui protège la reine.

– *Tout cela est bien beau, mais en quoi cela me concerne-t-il ?*

– *J'y viens madame ! Je suis chargé par ma cliente de tenter de retrouver son mari. Seulement il y a un hic. Obtenir un visa pour le Glankistan est pratiquement impossible. Le tourisme y est inexistant compte tenu des tracasseries policières.*

Il y a pour ainsi dire un flic collé à vos basques dans chacun de vos déplacements. En outre, c'est une région très accidentée, la montagne ne peut se pratiquer qu'à dos de mulet ou à pieds. Il y a des militaires partout, les mines de sulfate sont inapprochables.

Celui qui est interpellé dans la région sans visa ni autorisation, est immédiatement écroué à la prison de Kashmouasah, sans espoir d'en sortir un jour. Je compte donc sur vous pour me dire si cette personne est encore vivante et si oui, tenter de localiser l'endroit où elle se trouve. Je vous ai apporté à cet effet sa photo ainsi qu'une carte du pays en question.

– *Et vous voulez-vous rendre dans ce pays de sauvages pour retrouver votre homme ? C'est tout à fait ça !*

– *Ce sulfate, il sert à quoi au juste ?*

– *Je n'en connais pas toutes les propriétés mais j'en connais au moins une. Il a la faculté de faire pousser n'importe quel végétal sur la glace. Imaginez ce qui arriverait si demain les esquimaux se procuraient ce sulfate en grandes quantités, imaginez les pôles recouverts de végétation ou d'amygdales (je plaisante), imaginez la banquise colorée de légumes, céréales etc...*

C'est l'économie mondiale qui serait menacée. Mais je laisse la politique aux politicards, mon boulot c'est de retrouver cette personne, de la faire sortir du pays pour la ramener en France.

– *Bien, donnez-moi la photo et la carte.*

Les yeux inquisiteurs scrutent l'image du

disparu avec une telle intensité que j'ai un mouvement de recul craignant de voir s'enflammer le papier. Elle dépose l'ensemble devant elle, saisit son pendule, une véritable œuvre d'art, imagine, un énorme œil de bœuf séché, suspendu à un cordon ombilical de chat mort-né, qu'elle balade au-dessus de la photo puis de la carte.

Pendant un long moment il ne se passe rien, alors devant mon regard abasourdi, ahuri, exorbité, la voyante lève son pendule au-dessus de ce qui lui sert de visage et se met à sucer l'œil de bœuf avec avidité. Je sens mon estomac opérer un retournement d'autant que l'œil s'extirpe couvert d'une bave blanchâtre et qu'elle me demande de sucer cette abomination à mon tour.

– *C'est pour les ondes, il faut qu'elles circulent entre nous et cet homme, m'affirme la gente dame.*

Je fonce dans l'appartement, j'implore les toilettes, j'ouvre les portes, ça y est, je m'effondre devant la cuvette. Horreur ! Là dans le fond, des tripes de je ne sais quel animal flottent dans l'eau !

– *Tirez-pas la chasse surtout, je travaille aussi sur les entrailles de putois et croyez-moi, pas facile de s'en procurer ! C'est précisément ce à quoi j'étais occupée lorsque vous êtes arrivé. J'ai une bonne lecture avec ce support.*

– Avec le cadeau que je lui laisse je doute qu'elle puisse encore lire quoi que ce soit. J'ai les guiboles en fromage blanc. Des sueurs froides me dégoulinent le long de la colonne vertébrale. Chancelant je regagne la table de travail.

– Alors, on est délicat ?

– Je me retiens pour ne pas lui enfoncer son pendule jusqu'au troufignon. La voilà qui balade à nouveau son ignominie sur la carte, puis brusquement elle stoppe le pendule sur un point précis. Après une légère hésitation, le voilà qui s'incline avant de commencer à tourner. Le mouvement s'accentue, l'œil tourne de plus en plus vite décrivant un cercle parfait, bien régulier, bien rond.

– Le voilà votre bonhomme, il est bien vivant. Apparemment il se trouve dans une région montagneuse, probablement près des mines de sulfate. Je vais essayer de le voir dans la boule.

Ses grosses paluches stationnent à cinq centimètres de la sphère de cristal. Le regard de la voyante plonge au cœur de la matière. Je m'approche sensiblement dans l'espoir d'apercevoir un quelconque signe de vie, mais bernique. Je ne vois que la tronche de madame qui se reflète à l'envers. Déjà qu'à l'endroit c'est pas triste, t'imagines ma vision !

La voilà qui commence à déchiffrer un message, elle quitte la terre, tout s'estompe autour d'elle, elle n'a plus de retenue, une forte odeur d'urine emplit la pièce, la grosse se pisse dessus, si, si, je te jure ! Et elle parle, elle parle.

– *Ça y est, je le vois ! Il est assis sur une pierre, il est attaché au mur, c'est pas un mur c'est une paroi rocheuse. Il est au fond d'un trou ou d'un tunnel, oui c'est ça c'est un tunnel creusé sous la roche, une mine c'est une mine. Il ramasse des coups, il me semble qu'il refuse de travailler. Il ne mange plus, on l'empêche de dormir, il n'en a plus pour très longtemps.*

Si madame de Montflacon se paie ma tronche, c'est super bien joué. J'ai beau regarder à m'en péter les rétines, la transparence de la boule reste vierge. Je n'arrive pas à croire que cet énorme tas de bidoche puisse lire dans ce cristal alors que moi assis face à elle, visionnant la même boule de verre, au même moment, au même endroit, je ne puisse rien voir d'autre qu'une énorme boule de verre. Il faut que j'en aie le cœur net.

– *Puisque vous le voyez avec autant de précision chère madame, voyez-vous sur lui quelque chose de, comment dire ? Particulier !*

– *Si vous appelez quelque chose de particulier le fait qu'il porte un tatouage en forme de trèfle à quatre feuilles sur le cul, alors oui !*

Là je n'en reviens pas, comment peut-elle savoir que mon client dont elle entend parler pour la première fois, ait un tatouage sur le postérieur, détail que je tiens de la femme de monsieur et dont je n'ai rien dit ?

– *Et comment est-il ce tatouage, petit, grand, noir, bleu ?*

– *Il est vert, de la grandeur d'un trèfle à quatre feuilles il est situé sur la fesse droite de votre client, mais si vous doutez de moi, il vaut mieux arrêter là !*

Alors là tu vois, je suis sur le cul, abazouuuurdi là dis donc ! Elle me décrit exactement ce que m'a indiqué ma cliente, son mari possède très précisément ce tatouage, jumeau de celui qu'elle s'est fait faire sur la fesse gauche et qu'elle m'a montré. Plus jamais je ne douterai de la réalité de la voyance, plus jamais.

Il ne me reste plus qu'à noter les précieuses informations de madame et à prendre congé d'elle non sans au préalable me fendre de quelques billets qu'elle a bien mérité. J'ai assez précisément grâce à ses dons, localisé le secteur où se trouve mon disparu. Au moment où je passe devant la porte des toilettes, je ressens une certaine gêne due à ce qui m'est arrivé tout à l'heure. Une question me brûle les lèvres.

– *Dites-moi, pourquoi laissez-vous vos tripes de putois dans l'eau de la cuvette ?*

– *Il faut parfois plusieurs jours pour qu'une information me parvienne, alors dans l'eau ça pue moins vite.*

– *Mais comment faites-vous alors dans ce cas pour ... Je veux dire... Enfin vous voyez ?*

– *Tout à fait ! Et bien j'attends la nuit, tard, et je descends dans l'entrée. C'est ma façon de les emmerder tous ces connards de voisins de chierie de branleurs juste bons à tringler leurs pouffiasses dégénérées...*

Je m'expulse au plus vite de l'appart, tandis que madame ma voyante continue de déverser son torrent de mots doux. Je dois t'avouer que je suis assez content de moi. Au pif j'ai fait le bon choix. Et tandis que je me dirige vers ma voiture je classe dans ma tête les informations que je viens de recueillir.

– *Mon mec est vivant, en mauvais état mais vivant et prisonnier dans une mine de sulfate. Voilà des révélations qui me promettent de beaux jours. Pénétrer au Glankistan ne sera pas chose aisée, mais en sortir avec mon bonhomme relèvera de l'exploit.*

Fort de ces réflexions personnelles autant que privées, j'arrive à hauteur du petit groupe qui assure la surveillance de ma Hyamazaki bi-turbo. Tu ne vas pas me croire, autour de ma caisse, c'est la révolution. Il y a précisément mille deux cent quarante-trois personnes et demie. Oui ! Fais pas cette gueule, il y a aussi la demi-sœur du cousin par alliance de l'ex-femme du buraliste. Oui oui, celui qui en est à son trois cent soixante cinquième braquages en un an.

Des gens de tout poil, de tout acabit, de toutes nationalités, des grands, des petits, des gros, des maigres, des beaux, des moches, des cons, des intelligents (là j'en rajoute) des gentils, des qui veulent approcher, toucher, des admiratifs, des jaloux, un militaire qui veut la réquisitionner, un huissier qui veut la saisir, un flic qui veut la verbaliser, un carrossier qui veut la repeindre, un mécano qui veut la gonfler, un chef d'état qui veut la même, un réactionnaire qui veut la brûler, un évêque qui veut la bénir, un gosse qui pisse dessus, un boulanger qui me traite de bâtard, un milliardaire qui veut me l'acheter, un antiquaire qui veut me l'échanger contre les mémoires de la belle-mère de son chat, un cabaretier bourré, un ancien SS converti à Mère Thérèsa, un général de l'armée du salut qui chante la marseillaise, un marseillais qui en perd son accent, un autre qui dit qu'il a la même, j'en passe et des meilleurs.

Tandis que mes loubards équipés de barres à mine et d'une douzaine de Pitt Bull nantis de muselières élastiques, tentent de maintenir cette foule à distance, j'apparais dans leurs champs de vision. Autant te dire qu'ils sont heureux de me voir. D'autant que je brandis l'autre moitié de biftons plus un en remerciement.

Ouf elle est intacte ! Il ne manque rien. Si si, je te jure, il ne manque rien. Je contrôle moi-même, tout y est. L'eau chaude, l'eau froide, le tout à l'égout, il y a même quelque chose en plus coincé là sous le bras d'essuie-glace. C'est pas un PV, c'est un avertissement qui m'invite désormais à m'occuper de mes affaires si je ne veux pas finir en salami dans une choucroute.

J'interpelle mes gardiens qui forcément ont dû voir celle ou celui qui a déposé ce billet sur mon pare-brise. Mais ils jurent qu'ils n'ont rien vu.

– *Non m'sieur, ma parole, j'te jure, on a rien vu, hein Momo ?*

– *Ouai, ouai, c'est vrai, quand elle a mis le mot on regardait pas on allumait un joint.*

Je pige illico que ces petits enfoirés sont passés à la caisse pour fermer les yeux. J'y vais donc d'une rallonge de cinquante euros.

– *C'est une gazelle, une bourge, elle a dit qu'elle te connaissait, elle nous a même filé des joints.*

– *Et comment elle était cette gazelle ?*

– *Ouah ! Super. BCBG et tout. Blonde.*

Tiens, tiens, madame l'épouse de mon disparu ne souhaite plus que je retrouve Monsieur. C'est ennuyeux, d'autant que moi, j'éprouve une grande envie de changer d'air, les montagnes du Glankistan me feront le plus grand bien.

Chapitre 2

Je sais pas toi, mais moi quand je suis au volant j'ai un œil devant, un sur les rétros et les autres sur le tableau de bord. De cette façon rien ne m'échappe. Tout ça pour te dire que depuis un moment, il me semble que je suis pisté.

Tu vas me dire que je me fais probablement des idées, mais faut voir. Si j'étais un privé américain, j'appuierais à fond, tu sais comme à la télé, je ne sais pas si tu as remarqué, mais dans les outre atlantique, le mec qui repère qu'on lui file le train, avant de savoir qui et pourquoi, appuie sur l'accélérateur pour tenter de semer son suiveur.

Moi c'est tout le contraire, curieux de nature, je veux savoir ! L'air de rien je prends la seconde à droite vu que la première est à gauche ce dont je le sens, tu n'as strictement rien à foutre.

Je n'ai pas fait cent mètres que mon poursuivant débouche sur mes talons. Ce qui me conforte dans l'idée que c'est bien à moi qu'il en veut d'autant que logiquement il devrait stopper sans délais et opérer une habile marche arrière vu que je l'ai engagé dans un sens interdit.

Et bien tu ne vas pas me croire mais ayant de la suite dans les idées, il continue à me filer le train.

Par bonheur, la rue est libre de tout engagement, ce qui me permet d'écraser l'accélérateur pour dégager rapidement. La tomobile qui me trace exécute la même manœuvre.

Je dois reconnaître qu'elle a une sacré pèche car elle ne perd pas un pouce de terrain. J'appuie encore, elle aussi, la température de mon compteur affiche cent quatre-vingts Km/h, si si je t'assure, même que la sienne aussi puisqu'il ne se laisse pas distancer. J'arrive pile sur un carrefour au moment précis où surgit face à moi un gros camion d'éboueurs.

Nul doute que toi à ma place tu te l'emplâtrerais sans autre, mais voilà, d'un doigté qui frise l'admiration (pour les dames surtout) je lance mon véhicule sur la droite, saute le trottoir (en tout bien tout honneur) frôle un mur, rase le camion, évite un SDF qui roupille sur son carton, il sursaute, pivote sur son cul, prend trop d'élan, s'emplâtre la tronche sur le mur, me prie violemment d'aller me faire contrôler la tuyauterie chez les grecs, m'indique de son majeur la marche à suivre.

En fait je viens tout simplement dans mon élan, de le survoler. Mais surtout ne dis rien, je n'ai pas mon brevet de pilote. Bien qu'ayant perdu tout contact avec le bitume, je braque à mort de sorte qu'au moment où je rejoins la terre ferme, je me trouve pile dans l'axe de la route.

Ouf, je suis passé ! Pas une éraflure, je jette un œil (t'en fais pas j'en ai d'autres) dans le rétro, j'aperçois le cul du camion sur le carrefour, il semble arrêté. J'en fais autant avant de jaillir comme un diable (oui je sais, c'est un cliché facile) pour me précipiter dans le but d'intercepter mon poursuivant.

Au pas de course je débouche à l'angle du mur au moment précis où mon SDF totalement éveillé se redresse. Il n'a décidément pas de chance. Emporté par mon élan (ce qui vaut mieux que par une embolie) je ne parviens pas à diriger la pointe de ma godasse qui le percute à la tempe et le réexpédie dans les quetsches.

Ce n'est pas la peine de risquer un arrêt du cœur, essoufflé (que veux-tu, je n'ai plus ton âge) les mains en appui sur les cuisses (je fais ce que je veux ce sont les miennes) je ne peux que constater.

La toto qui me suivait n'a pas eu la possibilité d'éviter le camion. Le choc a été d'une telle violence qu'elle a traversé la cabine de part en part pour terminer sa course dans la benne à ordures.

A mon humble avis, son chauffeur doit en cet instant précis prendre livraison de son paquetage chez St pierre. Le chauffeur du camion est coincé contre le pavillon de la cabine. Il n'a rien mais il gueule comme un porc qu'on égorge. Quant aux deux africains convoyeurs, faute de se cramponner comme il se doit à l'arrière du véhicule, ils sont actuellement sur un balcon du troisième étage de l'immeuble d'en face. Ils sont (abazouuurdis, là dis donc !) Oui ! Je sais je l'ai déjà faite !

Cette foule de détails d'un intérêt tu en conviendras primordial, est en réalité contenue dans un laps de temps qu'aucune montre suisse ne parviendrait à saisir. Il n'empêche ! Ces quelques instants fugitifs ont permis à un attroupement de se former autour des véhicules au point que je me trouve plaqué contre la benne.

Désireux de connaître malgré tout l'identité de mon poursuivant, je prends la décision de chercher un passage dans l'enchevêtrement de ferraille. Me piquant ici, me coupant là, me déchirant ailleurs, je progresse lentement mais sûrement.

Je te dis pas l'odeur, car pour ma malchance, la benne contient au moins deux tiers de son volume en détritus, le reste étant occupé par la voiture. Sur mon parcours je croise un certain nombre de trucs bizarres et malodorants que je ne te ferai pas l'outrage de décrire.

Non, non, n'insiste pas ! Bon ben alors juste un peu. Mais c'est vraiment pour te faire plaisir.

Je passe sur les papiers gras que tu connais bien vu que tu as les mêmes à la maison. Par contre je m'arrête un instant sur ... Attend une seconde, il faut que j'allume mon portable, je n'y vois rien !

Voilà, hou le choc ! Je me trouve présentement en présence d'une superbe blonde, un peu pâlotte tout de même, vu qu'elle a eu la mauvaise idée de n'apporter que sa tête, préférant laisser ce qui jusqu'à ce jour lui servait de corps, dans ce qui reste de la voiture.

Inutile de faire les présentations, je reconnais illico la femme de mon disparu. Enchanté madame !

Bon ben c'est pas tout ça, il ne me reste qu'à rebrousser chemin, ce que faisant je cherche tout de même à trouver une suite logique à l'histoire.

Voilà une femme qui me rend visite, me décline son identité, me sanglote sur l'épaule la disparition de son cher mari qu'elle adore, que sans lui la vie n'a plus de raison d'être, qu'il faisait partie des meubles etc...etc... qui me paie grassement pour que je prenne le risque fou d'aller au bout du monde dans l'espoir de non seulement le trouver mais le ramener et qui finalement avant même que je n'ai commencé mes investigations, fait tout pour m'inciter à abandonner, allant même jusqu'à en mourir.

Bon, ben si t'as une idée, tu peux me joindre au numéro habituel. Si je ne suis pas là laisse le message !

Je sens brusquement une paire de mains qui m'encercle les chevilles, une paire de mains qui me tire en arrière. Il en résulte que le reste de ce qui est moi, frotte, gratte, rabote, tord, plie, écrase, enroule la ferraille coupante des véhicules accidentés.

Comme propulsé lors d'un accouchement libérateur, je me retrouve à plat ventre sur une civière. On me retourne, on me plaque un masque, on me frappe la poitrine, on me fait du bouche à bouche, on me pique, m'injecte un sérum, me prend ma température, m'éponge, me nettoie, me panse, m'attelle, me plâtre, me déclare mort, me pleure, dit que c'est dommage, un homme si jeune, si beau, si fort, que c'est bien triste pour sa veuve, que ce sera dur pour mes enfants, qu'il faut prévenir ma mère, que j'ai sûrement des papiers, qu'il ne faut pas me laisser d'argent vu qu'on pourrait me le voler, que je l'emmènerai pas avec moi, que je l'ai bien cherché, que c'est bien fait pour ma gueule,

Attend, je respire un coup !

Que j'avais qu'à rouler moins vite, que c'est pas la première fois, que j'ai déjà failli écraser la fille du concierge, que je battais ma femme, que je buvais beaucoup trop, que qui a bu boira, que je couchais avec la maîtresse du curé, que la police m'avait à l'œil, que j'avais été réformé à cause de mes pieds plats, que je les avait aplatis volontairement pour échapper à mon devoir, que je faisais d'ailleurs jamais mes devoirs, que j'avais même pas mon certif, que je me shootais, que j'étais un mec louche, que personne me la serrait (la louche) que j'ai même pas de permis, qu'il n'y a qu'à filer mon corps à la science, que c'est un bien pour tout le monde, que je ne suis qu'un sale bougnoule, que Oh mon Dieu sa femme est morte aussi, là au fond du camion, dans la bagnole, que c'est sûrement moi qui lui ai coupé la tête, que c'est un meurtre déguisé en accident, qu'elle était bien trop belle pour un macaque comme moi, que c'est dommage vu qu'elle avait quand même un beau cul, que je la méritais pas, que c'est quand même incroyable de voir une si jolie femme, une si belle française coucher avec un arabe, que c'est dommage pour les enfants, (tiens, je l'ai déjà dite celle-là) Bref , tout le monde croit que je suis l'accidenté.

– *Ça suffit !*

J'ai hurlé, je hurle encore.

– *Libérez-moi bordel ! De l'air, de l'air, je n'ai rien. Foutez-moi la paix !*

Stupéfaits qu'ils sont. Alors règne sur l'assistance une minute de silence. Tout le monde reste coi, reste con.

Voilà un mec que l'on retire d'un amas de ferraille, déchiré, coupé, en lambeaux, couvert de sang, dont la femme est morte à ses côtés, qui se permet encore de dire qu'il n'a rien, que la vie est belle, qu'il va bien.

Un miraculé ! Voilà ce que je deviens, un protégé du ciel.

Le premier rang s'agenouille, les vieilles se signent, les jeunes me touchent, les hommes retirent leurs casquettes, les femmes leurs culottes, les pompiers me demandent un autographe, un journaliste me presse de questions, il veut que je lui dise comment c'est de l'autre côté vu que j'en reviens, si j'ai vu Jésus, si tout ce qu'on raconte est bien vrai, si je veux passer au vingt heures etc...etc...

Il est urgent que je me lève, que je me barre, que je retrouve ma chère auto, que je rentre chez moi, que je me lave, que je me couche, que je dorme jusqu'à demain.

Pauvre de moi, à peine sur mes pieds, je suis agressé par des flics qui m'assaillent de questions. Qui suis-je, si j'ai un lien de parenté avec la morte, si je suis témoin de l'accident, si je veux porter plainte contre la voirie, contre le chauffeur du camion, contre la ville de Paris, si je veux reconnaître le corps, si je veux la tête en souvenir, si je suis fiché, si j'ai des papiers, si je veux contacter mon ambassade, si je suis français, si j'aime la France, si j'aime la police, si je cotise pour ses bonnes œuvres, si je n'ai pas déjà été arrêté, si je ne serais pas des fois membre du front de libération de la basse Bourgogne et du Ghana réunis? Si j'ai quelque chose à dire sur la fusion police gendarmerie.

Quand enfin ils me libèrent, je n'ai même plus la force de les haïr tous. Je me dirige vers mon véhicule en titubant. Mécontents de n'avoir rien pu retenir contre moi, les flics embarquent mon SDF. Le pauvre bougre se débat comme un forcené, cherchant à s'extirper des mains qui le propulsent vers le fourgon.

Désirant calmer ses ardeurs, un policier vient en aide à ses compagnons. Il balance un grand coup de latte dans les parties basses du pauvre gars qui s'affale, violet, les joues gonflées comme des fesses de danseuse, les yeux exorbités. Décidément pour lui c'est pas son jour.

Ce n'est pas non plus celui des deux éboueurs. Attirée sur son balcon par les bruits, les sirènes, les cris, la proprio de l'appartement du troisième d'en face vient d'en avaler son dentier. Se trouvant brusquement face à face avec deux africains hébétés, choqués, ne sachant quelle posture adopter, incapables d'expliquer les raisons de leur présence en ces lieux, la mémé se met à gueuler si fort que les deux employés municipaux n'ont d'autre recours que s'évacuer par où ils sont arrivés ; le balcon.

Déconcertants d'agilité, ils atteignent le trottoir pile entre les agents de la force publique. Présentement tout ce petit monde est évacué, chargé dans le fourgon qui s'éloigne pour une destination inconnue de moi.

La mienne par contre je la connais. Quel bonheur de me glisser derrière mon volant, de passer la première, de m'évacuer vers chez moi. Logiquement je devrais renoncer. Ma cliente a rejoint le créateur, ce n'est pas moi qui ai envoyé son mari au Glankistan, deux bonnes raisons pour que je me penche sur un autre dossier.

Seulement je ne sais pourquoi, quelque chose en moi me pousse à continuer, sachant que j'ai été payé, plutôt bien, que je ne sais pas à qui rendre l'argent et que l'aventure commence à me plaire.

Puisque tu es là, laisse-moi te décrire mon appart. Très grand, très blanc, très moderne, très classe. Dans la cuisine un frigo, très grand, très blanc, etc... Dans le frigo du champagne. Je traverse le salon, épaisseur de la moquette ? Vingt centimètres. Je gagne la salle de bain, eau chaude, eau de toilette, serviette, merci !

J'atteins la chambre. Dans la chambre un lit, sur le lit moi, allez salut, à plus !

Chapitre 3

Je ne sais pas toi, mais moi j'ai beaucoup hésité sur le choix du trajet et des moyens qui allaient me permettre de me rendre au Glankistan.

Quand tu ouvres le grand atlas mondial, d'abord tu ne le trouves pas, une tête d'épingle (c'est beaucoup plus petit qu'une tête de nœud) entre la Corée du centre et la Chine équatoriale. Quand enfin, tu mets le doigt dessus, t'es affolé par la distance.

En fin de compte j'ai opté pour l'avion de ligne jusqu'à Moscou. C'est précisément là que je me trouve actuellement. D'ici je dois me rendre en voiture vers un petit aérodrome de banlieue où un pilote privé me déposera tout à fait illégalement en Grosmanie.

Je consulte ma montre qui me répond qu'il me reste tout juste assez de temps pour sauter dans un taxi puis foncer vers Keskeseksha où m'attend un vol privé (mais tu peux venir si tu veux).

Je quitte donc l'hôtel Kittonpadok qui comme tu le sais se trouve à l'angle des rues Kosakbourhé et Razpatonsha, ce qui nous oblige à traverser tout Moscou.

Je dois reconnaître qu'un charme certain émane de cet ensemble harchitekthural (en russe dans le texte) et je conçois tout à fait que tu trouves ça beau, mais n'étant pas ici dans un but touristique permets-moi de ne pas m'étendre sur le sujet ; Ni sur un autre d'ailleurs (fut-il féminin).

Je ne sais pas si je te l'ai déjà dit mais hélas pour moi, je ne connais pas d'autre langue que la mienne (et celle de mes copines) ce qui ne facilite pas le dialogue en pays étranger. Encore que ce n'est pas tout à fait juste, car je parle couramment le Suisse romand et le Québécois, ce qui ne m'est d'aucune utilité ici.

Obligation m'est donc faite d'utiliser un petit fascicule Franco-Russe (sans faire de pub) pour m'entretenir avec le chauffeur.

– *Shalumonpott, Kondhuimoua ha Keskeseksha.*

– *Mon accent doit être bon puisqu'il me répond du tac au tac, enfin je veux dire thack ho thack.*

- *Khomtuvhoudrah !*

Tu vois, c'est sommaire mais ça suffit. Ce mec étant sympa et pour m'entraîner un peu, je continue.

- *Sékoikomkaiss ?*

- *Hunn Shcitrohènn dhézannékarrante .*

Effectivement, il me semble que la bagnole à déjà bien vécu. Pour faire plaisir au gars je continue.

- *Hélléthenkor Hanbhonnétha !*

- *Cétexacktte*

Bon ben je ne vais pas te traduire tout ça, mais au fil de cette instructive conversation nous laissons Moscou derrière nous et filons hafonlakaiss (oh pardon !) à fond la caisse sur un chemin montant, sablonneux mal aisé etc... où aucun cheval ne tire de coche mais où pourtant une mouche m'importune.

Moi tu me connais je ne ferais pas de mal à une mouche fut-elle importune. Je décide donc de lui accorder sa liberté en ouvrant la vitre.

Bien m'en prend, voilà le chauffeur qui file un terrible coup de patin qui me propulse contre le siège avant sur lequel je m'explose le pif. Sans se soucier du sang qui m'inonde la chemise, le chauffeur bondit hors de son véhicule en hurlant des obscénités.

– *Kelkonkecemekla Dekouakej'heumell,hunnmouchkejhédhéjhahu dhumallahaprivouashé, Povkondhenfoirhé*

J'en déduis au son de sa voix que je viens de faire une connerie. Tandis que je tente d'endiguer l'hémorragie, j'assiste stupéfait aux efforts du gars qui gesticule sur la chaussée.

Franchement comment pouvais-je deviner que cet insecte pouvait lui appartenir ? Un mec qui apprivoise une mouche, c'est pas banal tu avoueras !

Bon ! Ben c'est pas tout ça, mais si je ne lui file pas un coup de main, je vais rater mon avion. Je fonce donc à la poursuite de l'insecte. Ce que voyant, mon bonhomme se met à me lancer des cailloux.

– *Kastouapovkon, (comme dirait Nicolas) kastoua, thuvhalhuiffout-lhéchokhott.*

Je n'insiste pas. Je me contente d'assister au

spectacle. Le mec commence à chialer en appelant sa bébête.

– *Moushka, moushka, kashtouapah !*

C'est alors qu'il va s'effondrer de désespoir que l'insecte attiré par le sang vient se poser sur le bout de mon pif. Je n'ose plus bouger. Lentement, très lentement, je me dirige vers le taxi. Je m'y engouffre avec mille précautions avant de refermer la portière. (Tu as bien compris que si j'avais fait l'inverse je serais toujours dehors !) Je remonte la vitre. Ouf, on est sauvé !

Je te dis pas le sourire du bonhomme. Il ne sait plus quoi faire pour me remercier et se faire pardonner ses écarts de langage. Il pleure encore mais cette fois de joie. Il veut me payer, me rembourser la course, me présenter à ses parents, me marier à sa sœur, écrire à Poutine, ce dont je le remercie tout en lui demandant de s'activer afin de me conduire sans délais jusqu'à l'aérodrome.

Tu ne peux pas trouver plus modeste. Un hangar, une manche à air taillée dans un manche à gigot et quelques reliques des débuts de l'aviation et même encore plus anciennes. C'est avec un pincement au cœur que je laisse repartir mon taxi, car maintenant, je ne peux plus reculer.

Inquiet, je marche vers le bâtiment d'où surgit un gaillard vêtu en uniforme de pilote des années mille sept cent dix. Un large sourire qui déborde de chaque côté de ses joues, lui donne un air de grenouille sous son casque de cuir.

– *Enfin vous voilà, j'ai bien cru que vous ne viendriez pas !*

Je lui serre la pince tout en m'extasiant sur le fait qu'il parle parfaitement le français.

– *C'est que j'ai passé mon brevet de pilote en France. J'ai appartenu à la patrouille acrobatique publicitaire de la chaîne de magasins Touttadiballe. Si vous cherchez du boulot, je peux vous aider, je connais très bien le boss, c'est un pote.*

– *Je me confonds en remerciements, lui assure que je le contacterai si le besoin se faisait sentir (il est rare que les besoins ne sentent pas) et m'excuse pour le retard en lui narrant brièvement mon aventure avec le taximan. Mon pilote se marre. Il connaît bien le mec en question.*

– *C'est un original ! Il a découvert sa mouche au beau milieu de ses bagages au retour de son dernier séjour dans le camp de Thavékaferméthagueull, en Sibérie. Depuis il s'est attaché à elle.*

– *Il y a des mouches en Sibérie ?*

– *Faut croire. Bon c'est pas tout, je vous accorde quelques minutes pour vous laver, changer de chemise et puis on y va !*

Me voilà de nouveau présentable. Mon pilote m'invite à le suivre dans un réduit où se trouvent des combinaisons, des casques, des parachutes etc...

– *Tenez, choisissez votre taille. Vous devriez mettre un pull, il ne fait pas chaud là-haut !*

Ces derniers mots m'inquiètent. Tout en me harnachant, j'essaie de me remémorer mes différents déplacements aériens, je n'ai pas le souvenir d'avoir eu à me plaindre de la température en vol. Heureusement que le ridicule ne tue pas, je te dis pas la dégaine que j'ai avec cet accoutrement.

– *Ça y est, vous êtes prêt ? Hé, il faut prendre un parachute, ce n'est pas que l'avion présente un risque particulier, mais ici l'entretien laisse un peu à désirer. Mieux vaut prévoir !*

Je m'exécute. J'endosse le sac en question en priant le ciel et tous ceux qui y habitent, de ne pas avoir à l'utiliser vu que je n'ai aucune notion de parachutisme. Nous sortons du hangar.

Je cherche des yeux un appareil ressemblant de près ou de loin (je préférerais de près) à un avion et crois-moi, cette fois j'ai du mal à contrôler un début de panique.

Si le truc que nous approchons est un aéroplane, moi je suis un cheval !

C'est en ferraille et en aggloméré, tout rapiécé, rouillé comme un fer à béton, il manque des vitres aux hublots, tu n'as pas un pneu de la même dimension, les essuies glaces sont collés au pare-brise, l'hélice d'un des moteurs a été remplacée par un ventilateur de plafond.

Des mecs sont occupés à charger une grande quantité de jerricans en plastique.

– *Qu'est-ce-que c'est ?*

– *Oh ça ? Rien ! De la flotte. Il y a une fuite. Il faut compenser en vol, ne vous inquiétez pas, j'ai l'habitude !*

Moi non ! Je m'engouffre dans la carlingue avec le même état d'esprit qu'un matou dans la niche d'un pit-bull. Ça pue l'huile, le kérosène, l'eau chaude, le cramé, le rat crevé et j'en passe. Je m'installe timidement sur une méridienne Napoléon II peut être même IV ? Fixée au plancher par du velcro et jette un œil vers le poste de pilotage.

Venez, venez, vous êtes le seul passager, vous pouvez voyager dans la cabine.

J'obtempère. Le parachute m'embarrasse.

– *Posez-le, vous aurez largement le temps de l'enfiler si c'était nécessaire !*

Cette fois ça y est, à la grâce de Dieu ! Mon pilote tire sur des boutons, en pousse d'autres, en jette un qui lui reste dans la main par la fenêtre, file des coups de lattes sur des manettes, les moteurs toussent, moi aussi. La carcasse tremble, vibre, gémit, pleure, hurle, moi aussi, un bruit d'enfer (le mot est faible) m'agresse le cerveau, la vitre du pare-brise située face à moi décide de prendre sa retraite, l'essuie-glace n'est pas d'accord et tente de le retenir, la température au sol atteint les douze mille degrés. Je vois des cadrans, des aiguilles qui tricotent, une qui se détache, mon siège me secoue tellement que mes dents claquent, que mes chaussettes et mon caleçon descendent, ça y est on roule.

Vierge Marie, si j'en reviens je jure de me faire moine au Tibet, de payer mon RSI en temps et en heure et même avant, de ne plus aller voir les putes, de changer de culotte tous les jours, de me dénoncer à la police pour mes PV impayés, au secours, à l'aide, on décolle, non on retombe, aie mon dos ! On redécolle sur cinq mètres, on retombe, un pneu éclate, on monte, on pique du nez, on remonte, ça y est on est en l'air. Je ne respire plus, je suis cramoisi, j'ai les mains crispées sur les accoudoirs de mon siège, (un cabriolet louis XV authentique) Les malheureux ne résistent pas, mon pilote hurle.

– *C'est bon, tout va bien, la vie est belle !*

Justement je ne voudrais pas la perdre. Le vent s'engouffre par le trou du pare-brise que l'essuie-glace a fini par abandonner à son sort. L'avion prend encore de la vitesse, nous atteignons l'altitude de treize mètres vingt, mon compagnon jubile. Il se tourne vers moi.

– *Si vous voulez vous pouvez détacher votre ceinture et fumer !*

– *Merci, trop aimable !*

Avec la trouille que j'ai eue et que je conserve, ma ceinture je peux au contraire la resserrer, quant à fumer, l'appareil le fait beaucoup mieux que moi. Je gueule.

– *On arrive quand ?*

– *D'ici une douzaine d'heures, s'il n'y a pas de problème.*

Je décide de me décontracter un peu. Je quitte mon siège pour me rendre dans la carlingue. De longues fissures me laissent entrevoir le ciel. J'arpente l'appareil, je respire à fond, je fais craquer mes membres, les heures passent interminablement.

– *Hé ! Vous voulez un remontant ?*

Mon pilote me balance une bouteille de vodka non sans au préalable s'en envoyer un quart de litre dans le gosier.

Je parviens à saisir la bouteille au vol. Le plus dur c'est d'arriver à placer le goulot contre mes lèvres. Ça bouge tellement que je me pète deux dents avant d'y parvenir. Je commence à peine à sentir la brûlure du liquide dans mon estomac que je traverse l'habitacle sans toucher terre (ce qui est normal puisque je suis en avion).

Je valdingue au milieu des bidons de flotte, je suis en apesanteur. J'ai les tripes dans le cerveau, l'appareil chute en piqué.

Je constate, horrifié que mon pilote est effondré contre le tableau de bord.

Mon cœur s'arrête dans un ultime sursaut. Je parviens jusqu'à mon infortuné compagnon, le secoue, l'appelle, la terre monte vers nous, c'est fini, terminé, je meurs impuissant (pas pour tout).

Quand l'impact devient imminent, le pilote se redresse, l'air hilare, redresse l'appareil dans un hurlement de moteurs qui m'expédierait au fin fond de la carlingue si je ne me cramponnais pas aux parois de la cabine et me lance.

– *Je vous ai bien eu hein ? Ça marche à tous les coups !*

Il n'a pas le temps de finir sa phrase. En parlant de coups, il en prend un sur la gueule qui lui coupe le sifflet. Sa mâchoire inférieure lui passe trois fois sur la nuque. Je sais j'aurais pas dû, mais là franchement ça soulage. L'ennui c'est que cette fois, il est vraiment dans les quetsches. L'appareil n'a momentanément plus de pilote.

– *Hé ! Fais pas le con bordel, réveille-toi !*

Je le secoue, lui file des baffes, l'éjecte de son siège, prends sa place, essaie de maintenir l'horizontalité.

– *Putain fais pas le con, comment ça marche ? C'est quoi l'embrayage ?*

Mon mec revient à lui, réalise et sans se démonter me crie.

– *T'as pas le sens de l'humour toi hein ? Et bien démerde-toi maintenant, moi je saute !*

Ce con joint le geste à la parole et se dirige vers la porte.

– *Hé, attend, excuse-moi, c'est bon, c'était très drôle, déconne pas, prend ma place !*

Va te faire voir, ce con est vraiment furieux. Il tire un coup de pompe dans la porte et sur un signe de la main, se balance dans le vide.

Ma parole, si tu as jamais connu une situation pareille tu dois me comprendre. En une fraction de seconde, j'attrape mon parachute, l'endosse, adresse toutes mes recommandations à St Maclou et hop, je m'expédie dans l'espace.

Je tire sur le premier bidule qui dépasse. Miracle, le sac s'éventre. (Moi ça va pas tarder !) Une flamme de tissu (c'est beau ça !) monte vers le ciel, se déploie en corolle (ça aussi !). J'ai brusquement l'impression de remonter puis c'est le silence.

Au sol là-bas, une grande gerbe de feu, c'est le zinc qui vient de prendre sa retraite. Jetant un regard vers la terre qui monte, j'aperçois la toile de l'autre enfoiré.

Je tire sur les suspentes au hasard et tant mal que bien, je tente de me diriger vers lui.

Ça y est, je tombe sur le cul. Ça secoue la colonne. Je reste un instant étendu puis je me débarrasse de mon harnachement. L'autre est à cent mètres sur la droite, (il serait à cent mètres sur la gauche que ça ne changerait rien !) Il me rejoint, il se marre toujours en me tendant la main.

– *Sans rancune ?*

J'hésite, me tâte, m'interpelle, me questionne, puis beau joueur, lui serre la paluche, du moins je serre le vide, car hilare il retire brusquement sa main et de l'autre me tape sur l'épaule. Je prends à nouveau le parti d'en rire jaune.

– *OK, t'es un rigolo toi !*

Bon, après cette franche rigolade, il faut prendre une décision. Je me retrouve complètement paumé en compagnie d'un hurluberlu incontrôlable, je n'ai plus rien, mes affaires crament avec l'avion, la vie est belle comme dirait mon compagnon. Je questionne.

– *Savez-vous où nous sommes ?*

– *Laisse tomber le vous mec, on peut se tutoyer maintenant. Je crois que nous sommes en territoire*

Grosmanien. Pour en être sûr il faudrait que nous rencontrions quelqu'un. C'est une langue que je parle couramment. Le mieux est de marcher droit devant nous tant qu'il fait jour.

Ce qu'il dit me semble logique. Bon et bien allons-y. La campagne alentour est parsemée de petites cultures de je ne sais quoi et dont je me fous totalement. Par contre cette constatation me conforte dans l'idée que forcément nous allons rencontrer un être humain dans un délai très court.

Je regarde ma montre. Il serait à ses dires quelque chose comme dix-neuf heures. Étant en été, la nuit ne devrait pas survenir avant trois bonnes heures (heure locale bien sûr). Nous cheminons en silence ce qui me permet de faire le point. Enfin nous apercevons un attelage sur l'horizon. Accélérant le pas, nous sommes sur lui en moins de vingt minutes. Mon pilote lui fait un signe d'amitié et l'interroge.

– *Honhéhou ?*

– *hadeupaa dheuchémoua !.*

– *C'est bien ce que je disais, nous sommes en Grosmanie. m'affirme mon compagnon. J'insiste pour obtenir d'avantage d'informations.*

Demande-lui si la frontière du Glankistan est

loin !

Mon mec se lance alors dans un long palabre avec le paysan. Ce dernier gesticule, montre du doigt, indique sa charrette. Je m'impatiente.

– *Bon alors, qu'est-ce qu'il raconte ?*

– *La frontière est à environ deux cents kilomètres. La radio a annoncé l'accident d'avion et la police demande à toute personne susceptible de fournir des informations sur les passagers (ils ont trouvé les parachutes) de prendre contact immédiatement avec elle. Ce charmant monsieur nous propose de passer la nuit chez lui. Qu'en penses-tu ?*

– *Je ne sais pas et toi ? Quels sont les rapports entre la Grosmanie et ses voisins ?*

– *Courtois, sans plus. Le seul ennui c'est que nous n'avons aucune autorisation officielle pour voyager dans ce pays. Il y a bien une ambassade dans la capitale, mais d'abord c'est à six cents kilomètres et ensuite qu'allons-nous raconter qui justifie que nous ayons survolé le territoire Grosmanien ?*

– *C'est vrai ça au fait ! Comment expliques-tu qu'aucune radio n'ai pris contact avec notre appareil lorsque tu es entré dans l'espace aérien de ce pays ?*

– *Tout simplement parce que je n'avais plus de radio depuis longtemps.*

– *C'est une bonne raison mais si la chasse Grosmanienne nous était tombée dessus ?*

– *Pourquoi crois-tu que je t'aie fais prendre un parachute ?*

– *Attends, tu n'es pas en train de me dire que tu avais prévu le crash de l'appareil ?*

– *Bien sûr que non, mais si les chasseurs Grosmaniens nous avaient interceptés, n'obtenant aucun contact radio, ils nous auraient abattus sans autre.*

– *Je ne suis pas satisfait de tes explications, car enfin en admettant que tu ais réussi à te poser dans ce pays avant que ses avions ne nous interceptent, tu avais peu de chance de pouvoir repartir dans les mêmes conditions !*

– *Qui te dit que je voulais repartir ? Décidément tu as la comprenette engorgée. C'est avec toi que je voulais rester !*

– *Tu veux entrer au Glankistan avec moi ? Mais pour quoi faire ?*

– *Le sulfate mon grand, le sulfate ! Mon idée est de mettre en place une organisation spécialisée dans le trafic de ce produit. Le mec que tu cherches est là-bas pour cela. Je suis sûr que tu sais précisément où il se trouve sinon tu ne serais pas là.*

Grâce à toi je vais pouvoir le rencontrer et m'entendre avec lui.

– *Je crois que tu n'as pas tout compris. Je vais là-bas pour le retrouver et le faire sortir, le reste ne me concerne pas. Rien ne prouve que ce gars ait l'intention de créer un quelconque réseau, absolument rien. Et même si c'est le cas, tu ne l'intéresses sûrement pas.*

– *Ça c'est à moi d'en juger !*

– *Je ne sais pas toi, mais moi j'ai horreur de me faire baiser. C'est pourtant précisément ce qui vient d'arriver. Me voilà avec ce gugus accroché à mes basques. Qu'est-ce tu ferais à ma place ?*

Nous montons sur la charrette. Je garde le silence. Décidément, depuis le début de cette aventure je ne contrôle rien. Nous arrivons enfin dans une ferme isolée. Nous sommes introduits dans une grande pièce qui sent la fumée, le fumé, la soupe, la ferme quoi. (Mais non pas la ferme, je sais bien que tu n'as rien dit ! Je veux dire la ferme !

T'es susceptible toi hein ?)

Les présentations étant faites avec la femme du fermier, la fermière donc, une brave femme au visage fripé comme une vieille pomme, nous prenons place à table. J'insiste pour obtenir des informations sur le Glankistan, la frontière, le moyen de s'y rendre, etc...

Tout en étant attentif aux traductions de mon compagnon, je détaille la pièce. Je suis à la recherche d'un téléphone. Je n'ai qu'une confiance relative. Si jamais ce brave paysan au demeurant accueillant avait l'idée d'avertir la police de notre présence chez lui ?

Je n'en vois pas. Pour m'en assurer je prétexte une envie aussi pressante que soudaine et me dirige vers la porte.

Non, décidément j'ai l'impression que ce moyen de communication n'existe pas ici. Je ne vois aucun câble, aucune ligne en dehors d'une ligne électrique et de la ligne d'horizon.

– *Demande leurs s'ils ont un téléphone portable.*

– *Aucun risque, c'est le trou du cul du monde ici. Ils en sont encore au moyen âge. Ah dis donc mec, en parlant de portable, coupe le tien, C'est pas le moment d'aller déclencher des relais dans le coin.*

– *Mon portable ! Putain mon portable ! Je ne l'ai plus, je l'ai paumé ! Mais où, dans l'avion ? Tu vois avec tes conneries !*

Une heure plus tard, je sombre dans le sommeil au creux d'un nid de paille.

Chapitre 4

Je sais pas toi, mais moi je viens de passer une nuit exceptionnelle. J'ai une pêche d'enfer. Tiens mon collègue est déjà debout. Je m'étire, je baille, je me lève. Oh là, le temps se gâte ! Le ciel est plus menaçant qu'un cannibale muni d'une gousse d'ail. Pour tout te dire et ne rien te cacher, il commence même à pleuvoir.

Je coure jusqu'à la maison, frappe au carreau et pénètre dans la cuisine. A part mon ex-pilote, il n'y a personne. Il est installé devant un bol de café, du pain, de la charcuterie, une cruche que je devine remplie de pinard. Il mastique tranquillement. Je le salue.

- *T'es tout seul ?*

- *Comme tu vois !*

- *Où sont-ils ?*

- *Ils reposent en paix !*

– *Que veux-tu dire ?*

– *Qu'ils ne risquent plus d'aller parler aux flics !*

J'ai peur de comprendre. Je le fixe méchamment. Je sens que ma mâchoire se crisper.

– *Tu n'as pas fait une connerie ?*

– *Bien au contraire ! Si tu t'imagines qu'ils n'allaient pas nous dénoncer !*

– *Tu ne les as tout de même pas butés ?*

– *Bien sûr que non ! Ils sont momentanément occupés à compter les étoiles. T'en fais pas, j'ai pas tapé trop fort !*

– *Où sont-ils ?*

– *Dans le grenier !*

Je fonce vers l'échelle de meunier, grimpe, soulève la trappe. Nos hôtes sont suspendus à une poutre, la tête sur le côté, enfoncés dans de grands sacs de toile de jute et ficelés comme des saucissons.

Je m'approche pour constater qu'effectivement ils respirent. Avec le gnon qu'ils ont reçu sur l'arrière du crâne, nous avons du temps devant nous. Je descends.

– *Ça y est, t'es rassuré ?*

– *OK ! Bon, qu'est-ce qu'on fait ?*

– *De la mécanique ! Je vais tenter de remettre en route un vieux triporteur à moteur qui roupille dans le garage.*

– *Je ne l'ai pas vu !*

– *Forcément, il était planqué sous la paille. Je me suis cogné dessus en me couchant hier soir.*

Je m'installe à la table. C'est bon, même très bon ! Bon ben c'est pas le tout hein ? Quand faut y aller faut y aller !

Sympa la moto ! Une vieille Motobécane marron, équipée d'une remorque à l'avant. Mon compagnon, bien que n'ayant qu'un outillage de fortune trouvé dans la ferme, a bon espoir de lui redonner vie. La pluie tombe à présent à seau. Je te dis pas le boucan sur la tôle du toit.

Comme il semble que mon pote se débrouille très bien sans moi, je choisis de garder mes mains blanches et j'explore les lieux. Je passe au niveau supérieur, c'est alors que j'ai l'impression qu'un bruit se distingue de celui de la pluie.

Je fonce sur la lucarne. Merde, de la visite ! C'est marrant comme toutes les bagnoles de police se distinguent des autres véhicules. Je gueule en silence, (pas facile, t'essaieras).

– *Hé, planque-toi, les flics !*

Mon mécano disparaît sous la paille. Je continue à surveiller dehors. La Jeep s'immobilise. Deux mecs en uniforme en descendent. Ils courent vers la maison. J'ai le palpitant qui s'excite. Pourvu qu'ils ne grimpent pas au grenier. L'attente est interminable. Un bruit détourne mon regard. Mon copain sort de sa cachette, hésite une seconde avant de bondir dehors sous la flotte.

– *Quel con ! Mais qu'est-ce qu'il fout ?*

Je le vois traverser la cour détrempée, atteindre la Jeep, la contourner, j'ai le souffle coupé. On est foutu, on va se faire piquer !

Il surgit à nouveau, court vers la cuisine, jette un œil au raz de la fenêtre, rejoint la Jeep, disparaît encore, ressurgit en trimballant un jerrican à bout de bras. Le voici dans la grange, trempé, hilare, essoufflé. Moi, j'ai cru crever d'un arrêt du cœur !

– *Mais t'es malade ! Qu'est-ce qui t'as pris ?*

– *Une moto sans essence, t'en fais quoi ?*

– *Et si les flics t'étaient tombés dessus ?*

– *T'en fais pas, ils sont occupés. Ils bouffent.*

Je surveille, je surveille encore, je surveille toujours, (hé ça va râle pas, j'y peux rien si ça s'éternise). Ah ça y est ils ressortent, courent vers la bagnole, disparaissent sous la bâche, la jeep s'éloigne. Ouf !

– *Bon ben, je vais faire un essai déclare mon compagnon. Alors là c'est sûr, tu ne vas pas me croire. Au quart de tour, oui oui, au quart de tour. Ça fume, ça pétarade, ça hoquette, mais ça marche ! Je descends, m'empare au passage d'un morceau de bâche qui ne bâche plus rien depuis que Noé l'a laissé ici et m'approche de notre nouveau véhicule.*

– *Allez viens, on prend de la bouffe et on fout le camp !*

Je file à la cuisine, chope un panier que je remplis de tout ce que je trouve, retourne au garage, coupe la bâche en deux, fais des trous, voilà deux impers improvisés mais super efficaces, allez on se casse.

Je pose le panier dans la caisse de la moto, cramponne mon collègue qui s'installe déjà aux commandes, l'expulse vers la remorque et prend sa place.

– *C'est moi qui pilote. Je t'ai vu aux commandes de ton zinc, ça suffit !*

Il râle un brin mais s'installe dans la caisse non sans au préalable en couvrir le fond de paille.

– *Cramponne-toi aux ridelles, c'est parti !*

C 'est pas que la direction ait du jeu, c'est qu'il n'y a pas de direction du tout. Le terrain est bourbeux. Je te dis pas l'embardée ! Il faut la dextérité que tu me connais pour rattraper la situation. Cette fois ça roule. J'ai une pensée pour mes deux paysans suspendus dans leur grenier, mais ils finiront bien par être secourus.

La flotte me dégouline dans le cou, me glisse le long du dos. Il tombe des hallebardes (je ne sais pas pourquoi, mais il paraît qu'on dit ça). Dire que nous filons serait exagéré compte tenu qu'à fond les bielles, l'aiguille du compteur plafonne à quarante-huit Km/h. Contentons-nous donc de considérer que nous roulons.

L'enfoiré que je transporte a trouvé la solution pour s'abriter. Il est couché sur la paille, recouvert de son morceau de bâche. Nous roulons depuis une demi-heure lorsque j'entrevois au loin une masse face à nous. Ah, ça, mais qu'est-ce ?

Je continue à m'en approcher, la masse fait de même, si bien que finalement je distingue tout à fait la forme et la couleur de la jeep qui nous a rendu visite. Bon et bien il y a une décision urgente à prendre. Je ne suis pas sûr que la jeep se contente de nous croiser d'autant que la route n'est pas large.

Merde Aubin je me dis, décide-toi !

Je me décide. Je quitte la route, propulse la moto dans un champ, fonce droit sur un troupeau de bovins. Mon pote qui comprend que quelque chose vient d'arriver émerge de la remorque. Il constate que la jeep nous file le train. Je n'ai pas besoin de me retourner pour comprendre qu'à cette vitesse nous n'irons pas très loin.

J'arrive sur le troupeau, le bruit l'affole, il se disperse, je passe de justesse mais je passe, la jeep non ! Voulant éviter un animal, le chauffeur a donné un vif coup de volant, le véhicule est parti de travers, elle est présentement sur le toit, façon de parler puisqu'elle n'en a pas. Une bâche ! T'imagines !

Je continue ma course que j'aimerais folle car des coups de pétard résonnent. Je n'ai pas envie de prendre un pruneau dans le cul. Heureusement, tout de même secoués par leur accident, les flics tirent comme des courges. Ils dégomment quand même quelques vaches. Ah ! Voilà un chemin de terre. Je l'emprunte (je le rendrai).

Il me semble qu'il flotte un peu moins. Je reste sur le chemin plus d'une heure lorsque tout à coup sans crier gare (ce qui est un comble) une voie ferrée se présente à nous. Elle doit forcément aller quelque part. Je quitte le chemin et essaie tant que faire se peut (ça c'est littéraire !) de longer le ballast. Une nouvelle heure s'écoule en même temps que la pluie. C'est le moment choisi par notre véhicule pour rendre son âme au Dieu des motocyclettes.

C'est pas l'essence, il y en a encore. La moto a eu trop chaud c'est tout. Alors elle a décidé qu'une séparation de corps devenait nécessaire. Nous la poussons jusqu'au bosquet qui la rendra invisible et continuons à pieds.

Nous marchons depuis... Allez je dirais trente minutes, quand, au détour d'une courbe nous pouvons enfin apercevoir ce qui pourrait bien être une gare, ce qui est une gare, je confirme. Ne demande pas le nom du bled, c'est sans importance. Il n'y a que trois maisons, trois maisons qui entourent une gare. Nous jetons nos impers, remettons un peu d'ordre sur nous et nous asseyons sur un banc. Mon collègue me pose cette admirable question !

- *On va où au juste ?*

- *Je n'en sais rien. Il faudrait déjà savoir si un train va finir par passer et je te signale tout de même que je n'ai pas d'argent Grosmanien.*

- *Viens, on va entrer dans la gare, il y aura peut-être quelqu'un.*

L'endroit est occupé par quatre personnes, le guichetier et trois passagers. Leurs bagages se composent de quatre ballots de toile, de valises en carton, de paniers contenant des volatiles, d'une quinzaine de chèvres, de soixante moutons, de trois vaches, d'un moteur de locomotive diesel, d'une caisse de serpents à sonnette, le tout confié à la garde de leurs cent trente-sept enfants, âgés de zéro à une dizaine d'années.

Nous nous approchons du comptoir. Mon collègue recueille des informations extrêmement précieuses pour nous. Le train sera là entre aujourd'hui midi zéro une, et l'année prochaine même heure. Il s'agit de l'express venant de la capitale et se dirigeant jusqu'où il pourra compte tenu des aléas du voyage ; pannes, grèves solidaires avec les cheminots de la SNCF (finalement les plus fréquentes causes de retard) attaques de bandits de grands chemins, (de fer bien sûr).

La ville la plus proche de la frontière du

Glankistan est Mekouill-Le-Temsbrouill distante d'environ cent quarante et un kilomètres vingt-huit. En temps normal, le voyage ne dure pas plus de quatre jours, mais certains trains partis depuis juillet mille neuf cent cinquante-deux, ne sont toujours pas arrivés.

Pour le billet, pas de problème. On peut payer en nature (produits du cru) ou en roubignoles, monnaie du pays. N'en ayant que deux sur moi et désireux de les conserver, je n'ai d'autre alternative que me séparer de la chevalière en or ayant appartenue à mon défunt arrière-arrière-grand-père (comme ça tu ne pourras pas contrôler) le Baron Charles Édouard de la Pétaudière, descendant direct par la burne droite, (ceux de la gauche n'étaient pas reconnus) de sa majesté le roi du Calvados, Marc de Pomme III.

Autant dire que cette séparation est une déchirure, vu qu'en échange, le chef de gare n'ayant plus de billets, me tend deux tickets périmés de la RATP. A ma mine déconfite, il devine mon désarroi et s'empresse de rajouter une photo de sa tante Zobinette âgée de cent treize ans et posant nue sur une peau d'iguane albinos.

Il se méprend sur la raison de la larme que j'écrase consécutivement à cette séparation, s'imagine que je pleure devant la beauté de sa tante et m'en fait immédiatement une douzaine de copies. J'empoche momentanément ces œuvres d'art, quand une main tiraille mon falzar.

Je me retourne pour faire face à une ribambelle de gamins. Je pige illico qu'ils me réclament quelque menue monnaie. Je ne peux que leur expliquer par des mimiques mon impuissance à satisfaire leurs désirs, ce qui déclenche illico un flot d'injures que fort heureusement je ne comprends pas.

Une vieille qui a remarqué le manège s'approche à son tour et me demande ma main.

Je lui accorde ce plaisir sachant que ce mariage sera sans valeur (je plaisante, t'as encore pas compris ?) Elle balade son doigt sur mes lignes de vie, de chance, de conduite etc... et commence à barjaquer. Il me faut l'aide de mon traducteur qui se plie au jeu.

– *Elle dit que tu es étranger, (non ?) Que tu es de sexe masculin (vraiment ?) Que tu viens de très loin, que tu es tombé du ciel, (voilà qui m'interpelle !) que tu portes des sous-vêtements sans poche Kangourou, qu'un grand malheur te guette si tu ne lui refiles pas sans délais une poignée de roubignoles.*

– *Dis-lui qu'il ne m'en reste que deux qu'il*

m'est impossible de lui offrir.

Mon pote traduit. La vieille disjoncte ; dit qu'elle me voit décéder dans les pires souffrances, que je vais perdre la vue, que mes dents vont tomber, mes burnes également, que la peau de mes fesses va peler, que mes enfants (les blancs) vont noircir, que les noirs vont blanchir, que ma femme ne me pleurera pas, qu'elle fera pipi sur ma tombe, que le fisc me poursuivra par-delà la mort, que St Pierre laissera la porte du paradis ouverte pour que les huissiers m'apportent des assignations, que celui du trésor saisira mon cercueil, qu'il vendra mon foie, mon cœur, ma rate, que mes décorations me seront retirées, que mon nom sera effacé de la mémoire des hommes mais surtout des femmes, que je ne suis qu'un gros enfoiré de fils de chienne tuberculeuse, que mes amies sont des travelos, mes amis des tantouzes, que le père Noël ne passera plus, que ma langue va gonfler dans ma bouche, que je ne pourrai plus boire, plus manger, que sa vache ici présente m'emmerde, ce qui est vrai puisqu'elle bouse au milieu de la gare, etc...

Je n'ai pour la calmer qu'une seule solution, lui enfoncer le pif qu'elle a d'ailleurs très vilain, au fond du cerveau. Fort heureusement pour elle le train est annoncé.

Nous laissons cette marée se ruer sur la sortie

avant de gagner le quai. Il y a une telle fumée que je ne vois pas le train. Ceux qui veulent descendre sont refoulés par ceux qui veulent monter. Un vieux gueule que c'est la troisième fois, qu'il a déjà parcouru plus de huit cents kilomètres de trop.

Les trois vaches refusent de monter, la vieille foldingue en pousse une au cul. Les gamins dépouillent les voyageurs, des voyageurs s'épouillent, il y a du monde jusque sur le toit des wagons, un cul de jatte en casquette me demande mes billets, je les lui tends, il disparaît à fond les bielles sur sa planche à roulettes pour les revendre plus loin.

Un marchand de beignets fourrés à la moelle de canari sauvage tente de se frayer un chemin tandis qu'un porteur d'eau qui n'en peut plus pisse dans sa vache à eau et qu'une vache affolée pisse de trouille sur les voyageurs. L'un d'eux qui possède une savonnette en profite pour se laver les cheveux.

J'en suis à me demander si je ne vais pas attendre le prochain train lorsque précisément il arrive. L'ennui c'est qu'il se présente à contre sens et comme il n'y a qu'une voix !...

Les deux mécanos en viennent rapidement aux mains sous les encouragements des voyageurs qui forcément soutiennent leur chauffeur respectif. Ça dégénère ! Le chef de gare excédé siffle l'arrêt des hostilités, convoque les équipes adverses, la décision est prise. On le fait à pile ou face.

Celui qui perd repart à l'envers. Il sort une pièce à l'effigie du grand Calife Thavékapa Meuferchié sur une face et celle de Emmanuel Macron sur l'autre en gage d'amitié envers la France.

D'une pichenette, le chef de gare, de son nom Hilékoku (oui je sais c'est facile, mais il se trouve que c'est son nom !) expédie sa roubignole dans les airs. Malheur ! La pièce ne retombe pas. Une pie qui passait par là, vient de la choper au vol. (Je sais que là tu ne me crois plus, mais pourtant !!!)

Il faut recommencer. Hilékoku fait un peu la gueule, forcément c'est sa dernière roubignole ! Cette fois elle retombe. Pas de bol, juste sur la tranche, tu vas croire que je le fais exprès. On recommence. Ouf cette fois c'est bon ! Le perdant serre la pogne du vainqueur, lui file un direct au foie de l'autre main et chacun regagne sa machine.

Tout le monde fini par s'installer. Je suis coincé entre un moine tibétain en vacances et un lépreux. Mon pote se retrouve avec la vieille folle sur les genoux. C'est parti ! Notre convoi se colle contre celui qui lui fait face (c'est notre chauffeur qui a gagné) et pousse.

Sur le quai, Hilékoku est en larmes. C'est chaque fois pareil, il ne supporte pas les départs. N'ayant pas de mouchoirs, il utilise son turban qui se déroule, se prend, dans un moyeu de roue, glisse autour de son cou, ce qui l'oblige à courir le long du convoi. Glankistan, nous voilà !

Chapitre 5

Si je te dis que le paysage se modifie au cours du trajet, tu vas me rétorquer que c'est normal et tu as raison. Mais si j'insiste, c'est que vraiment il se modifie. Tout devient plus rocailleux, plus aride, plus montagneux.

Nous roulons par saccades, régulièrement il faut stopper, dégager la voie que des troupeaux envahissent, prendre des voyageurs n'importe où, laisser refroidir la machine, tout ça pour te dire qu'au soir du premier jour, nous n'avons pas dû faire plus de cinquante bornes.

Dans mon wagon ça chlingue méchamment. Les animaux ne nous épargnent rien. Les gosses chialent, les plus grands s'énervent, jouent, bousculent, gueulent, se poursuivent, sautent sur les banquettes, se jettent des fruits pourris.

Les adultes préparent la bouffe du soir, allument des feux, ça pue la bidoche grillée, la fumée pique les yeux, je rêve de l'orient express, de son confort, de son rythme qui t'endort, de son restaurant, de ses couchettes, je te dis pas la tête que je vais avoir au lever du jour.

Tiens, qu'est-ce que je te disais, nous nous arrêtons à nouveau. Pourtant cette fois, il semble qu'une agitation particulière gagne les wagons. J'essaie de me tordre le cou pour connaître la raison de ce nouvel arrêt, lorsque je vois surgir un hurluberlu, cradingue à souhait, puis un autre, puis un autre.

Ils ne sont pas seulement cradingues, ils sont aussi armés jusqu'aux dents (façon de parler puisqu'ils n'ont plus de dents). Il ne manquait plus que ça, des bandits pilleurs de trains ! Tu ne vas pas me croire mais personne ne panique. Tout le monde a l'air de se foutre royalement des zèbres qui envahissent les wagons.

Les agresseurs écartent, bousculent, houspillent, donnent quelques coups de crosses, se frayent un chemin, renversent des gamelles, dévisagent les voyageurs, je regarde mon collègue qui me fait signe de la boucler, de ne pas réagir, ce que je suis bien décidé à faire.

Le premier hurluberlu parvient à ma hauteur. Il me toise, il a une sale gueule, des yeux d'un noir intense, des tifs de la même couleur, une barbe identique, une casquette militaire, des dents pourries, je ne veux pas le provoquer, je baisse les yeux, je m'admire les ongles. Bref, j'ai l'air de rien !

Je ne sais pas si c'est à moi qu'il en veut vu que je ne comprends rien à ce qu'il me dit. Je jette un œil vers mon pote, je ne le vois plus, il est caché par un zoulou du même acabit. Je regarde à nouveau l'abruti qui se tient près de moi. Du canon de son fusil il me fait signe de me lever.

J'obtempère ! J'enjambe le moine tibétain, je fais face au terroriste, d'un signe de tête il m'invite à descendre. OK mec, on descend ! Du bout de son arme il me file des petits coups dans le creux des reins. Je quitte le wagon, je suis sur le ballast. Nous nous dirigeons vers un petit groupe en contre-bas qui semble surveiller les opérations de loin. Je ne me retourne pas, j'ignore si mon copain subit le même sort.

Nous parvenons sur l'attroupement. Une main se pose sur mon épaule. Je stoppe. J'entends des bruits de pas derrière moi. Mon pote a effectivement été kidnappé aussi. Une autre sale gueule me dévisage. Il s'adresse à moi.

– *Kesketufou dencethrain ?*

– *Désolé face de rat, je ne te comprends pas !*

– *Dekel nacionhalithé thues ?*

– *T'as sûrement raison, mais que veux-tu que je te dise à part que je t'emmerde, tronche de Cake.*

– *Kake ! Koike seksa ?*

– *Et bien tu vois, t'as au moins compris un mot. T'es pas si con !*

– *Kon ! Koike seksa ?*

Le mec m'abandonne, il marche vers mon copain. Un dialogue s'engage : il dure... dure... et puis brusquement ils nous font grimper dans une jeep qui nous embarque vers une destination inconnue. Nous nous enfonçons dans un désert de rocaille ; adieu mon train. J'ignore où je dormirai ce soir.

La nuit tombe très vite, nous roulons rapidement. Je piquerais volontiers un petit roupillon, mais c'est impossible. Le chauffeur zigzague entre les pierres ce qui me balance de droite à gauche et inversement.

Deux bonnes heures s'écoulent. Nous sommes maintenant dans un paysage montagneux se découpant sous le halo lunaire (putain si c'est beau, ça sent l'académie Française) un poste de garde, un arrêt, on repart, un autre poste de garde, nouvel arrêt, on repart, on roule ... roule ... Enfin non s'arrête. Cette fois c'est le terminus, tout le monde descend !

Je titube, je roupille debout. Je suis poussé vers une petite construction de pierres, le sol est de terre battue, mon russe me rejoint. Je n'ai pas le courage de lui poser la moindre question. Il faut que je dorme. On nous passe des couvrantes, de l'eau fraîche, une assiette de haricots de mouton sans mouton. Je bois beaucoup, je mange peu, je m'allonge, je dors, à demain.

Je pourrais te raconter mes rêves mais je ne le ferai pas pour deux raisons. La première c'est que tu t'en tapes, la seconde c'est que je les ai oubliés.

Un soleil radieux inonde la terre. (Là ! si tu permets, il faut que je m'attarde un peu sur cette phrase, oh combien sublime !). Une inondation de soleil ! Je suis étonné que personne n'ait encore eu l'idée d'inventer la serpillière pour éponger les inondations de soleil. Tu te lèves un matin, et paf, la merde ! Tu as du soleil plein la baraque. Tu prends ton seau, tu récupères du soleil, tu le fous dans un coin, et le jour où il flotte, il ne te reste qu'à renverser ton seau. A ta place j'y penserais ! Tu n'es pas obligé de dire que l'idée est de moi.

Bon ! Je reprends. Donc il fait beau. J'ai dormi

comme la Loire (oui, je sais !). Je m'étire au moment où on vient nous chercher. Nous sommes autorisés à faire un brin de toilette, une douche de campagne étant installée à cet effet. La pomme de douche est branchée directement sur le radiateur d'un 4x4.

Nous avons droit à un petit déjeuner copieux autant que surprenant. Je te raconte. D'abord un grand bol de sauterelles grillées, puis une décoction de vers pilés (mais non pas de verres, de vers, fais un peu attention !) mêlés à une bonne rasade de phéromones de fourmis rousses (les autres sont acides) le tout arrosé au lait de hannetons femelles enceintes de trois semaines (surtout pas plus !).

Je sens que le moment des explications est arrivé. A l'ombre d'une tente en peau de Zoby (animal dont on parle beaucoup mais que l'on voit peu). D'ailleurs je ne suis pas sûr qu'il y ait un y. L'interrogatoire commence. Enfin non, pas vraiment. Je mets la charrue avant les chameaux (je rigole, il n'y a pas de chameaux !).

En premier, il y a les présentations. Nos kidnappeurs nous informent qu'ils ne sont pas de simples pilleurs de trains, que cette activité est secondaire, qu'en réalité ils appartiennent à un mouvement autonomiste Grosmanien revendiquant le droit de créer sur la frontière sud est, un état indépendant dont le but final sera l'annexion du Glankistan, vu qu'en Grosmanie il n'y a pas de sulfate de zingolprouf.

A cet effet, ils ont choisi comme leader, l'ancien ministre du commerce extérieur Glankistanais monsieur Hann Hykordhy, limogé puis poursuivi par la reine Saale Bhourike II qui veut sa peau et ce qu'elle contient pour fautes graves dans l'exercice de ses fonctions.

Figure-toi que monsieur Hykordy a osé vendre du sulfate à leur ennemi héréditaire monsieur Bhadukhu premier ministre Grosmanien, ce qui en soit n'était pas bien grave puisque ça faisait entrer des devises, seulement voilà !

Le paiement a été effectué sous forme de diamants que Hann Hykordy a malencontreusement oubliés au fond de sa poche.

La reine a eu vent de la transaction et a exigé que les diamants soient déposés dans le coffre numéro 00000001, c'est à dire le sien, au siège social de la BRG (Banque Royale Glankistanaise). Ce qui ne put être fait Hann ayant préféré la sécurité d'une banque Suisse.

Monsieur le ministre en question s'est donc réfugié en Grosmanie où il prépare son retour avec des révolutionnaires locaux. Le voici justement qui arrive. Une poignée de rebelles se dirige vers une Rolls en or massif (dix-huit carats seulement, il faut savoir rester modeste).

L'un d'eux, ganté de blanc, ouvre la portière. Je distingue une paire de pompes ornées de diamants suivie d'une paire de guiboles, puis cet ensemble se déplie et monsieur le ministre émerge au soleil. Je te dis pas la classe (je n'ai pas le droit de faire de pub !). Je peux cependant te dire que d'un seul regard, le mec te réduit à ta plus simple expression.

Il s'avance vers nous tandis que ses hommes déroulent devant lui l'ancien tapis rouge du festival de Cannes retrouvé chez un antiquaire de la rue Quoiquigna-Deneuf, cinquième à gauche après le tas de neige (fait un saut chez lui, il n’est pas cher !).

Nous voici donc en présence de ce haut dignitaire haut en couleur (c'est un noir) haut sur pattes, oh le bel homme !

– *Bonjour messieurs, je suppose que vous savez qui je suis, j'attends donc de savoir qui vous êtes, ce qui me semble de bonne guerre. (Il rit).*

Nous pouffons également afin de bien lui faire comprendre à quel point son humour nous ravit, (en compagnie de ravisseurs, c'est logique) puis je me lève et me présente. Mon copain fait la traduction.

– *Et bien messieurs, savez-vous pourquoi nous vous avons disons... invités à nous rejoindre ?*

– *C'est ce que je m'apprête à vous demander cher monsieur !*

– *Excellence, appelez-moi Excellence, s'il vous plait !*

– *Comme il plait à votre excellence, mais je me permets tout de même d'indiquer à votre excellence, que chez nous en France, Excellence est une marque de slips, sauf le respect que je vous dois !*

Je sens que cette révélation le stupéfie ! Ces français ne respectent décidément rien. Je lis la contrariété sur son visage. Nous sommes et resteront décidément à ses yeux des Gaulois réfractaires !

– *En ce cas appelez-moi Éminence !*

Merde ! J'ose pas lui dire, il croirait que je le charrie. Il y a des fois où tu regrettes d'avoir ouvert ton clapet !

– *Entendu Éminence. Donc si c'est un effet de*

votre bonté de nous informer sur les intentions qui sont les vôtres en ce qui nous concerne ?

– *Et bien je ne vois que deux possibilités. Ou vous êtes ceux que nous croyons que vous êtes, ou vous n'êtes que de simples touristes et en ce cas vous en savez hélas déjà beaucoup trop !*

Je n'ai jamais été aussi heureux d'être ce que je suis, à savoir ceux qu'ils croient que nous sommes (tu me suis ?).

– *Je vous confirme que nous sommes bien ceux que vous supposez que nous sommes. Je suppose que vous parlez d'un avion et de parachutes vous le confirmera encore d'avantage ?*

– *Parfait ! Je suppose que vous avez toujours l'intention de vous rendre au Glankistan pour récupérer votre ami ? Car c'est bien là le but de votre présence en Grosmanie ou bien je me trompe ?*

– *Tout à fait, tout à fait ! Mais comment avez-vous pu faire le lien entre nous et le français prisonnier dans votre ex-pays ?*

– *Que viendrait donc faire un Français ici ?*

– *Cher monsieur permettez-moi de saluer votre sagacité !*

– *Éminence, appelez-moi Éminence !*

Commence à me gonfler l'éminence. Le mien ne va pas tarder à me gêner aux jointures ! Pourtant je fayote.

– *Pardonnez-moi EMINENCE ! Faut que je m'habitue !*

– *C'est bon, c'est bon ! Mais dites-moi, puisque nous en sommes aux confidences, qu'est-il vraiment venu faire au Glankistan votre compatriote ?*

– *Du trafic votre Éminence, du trafic de zingolprouf.*

– *Quelle folie ! Comment a-t-il cru pouvoir tromper la vigilance de la garde royale ? Quand je pense qu'il lui aurait suffi de s'adresser à moi, en toute discrétion s'entend, pour que, en toute légalité nous puissions commercer. Rendez-vous compte, s'introduire au Glankistan comme un voleur avec les risques que cela représente.*

– *Je ne comprends pas votre Eminence, il est bien connu que le Glankistan fait l'objet d'une surveillance exceptionnelle afin d'éviter qu'un commerce anarchique s'installe qui pourrait menacer l'équilibre économique mondial ?*

– Officiellement oui, mais nous n'avons aucune chance de nous enrichir dans de telles conditions ! Vous voyez ce que je veux dire ?

– Je vous ai compris votre Éminence ; mais je dois tout de même vous apporter quelques précisions. Pour ma part, je n'ai d'autre but que faire sortir le Français de la galère où il s'est mis. En revanche, mon ami ici présent est fort intéressé à l'établissement d'un réseau ... Heu... disons parallèle de commercialisation du sulfate.

– J'en suis ravi, nous reparlerons donc entre nous. Dans l'immédiat, l'urgence est de réduire Saale Bhourike à l'impuissance, de la chasser, de s'emparer du pouvoir, de créer deux ministères du commerce extérieur, un bien propre sur lui, bien officiel, l'autre je viens de vous le présenter !

– Quand pensez-vous que nous pourrons pénétrer en territoire Glankistanien ?

– Dans quarante-huit heures au maximum. Nous sommes trop peu nombreux, nous agirons donc par ruse. Une attaque directe serait vouée à l'échec. Je vous remercie messieurs, il ne me reste qu'à me retirer. Les ordres vous parviendront en temps et en heures.

– Dites-moi votre Éminence, je suis stupéfait de la manière avec laquelle vous manipulez le

Français, l'auriez-vous appris chez nous ?

– Eh bien oui ! Puisque vous abordez le sujet, figurez-vous qu'avant de me lancer dans la politique, j'étais un enfant d'origine modeste. Ma famille n'ayant pas les moyens de m'offrir des études, me plaça dès l'âge de huit ans en apprentissage de menuiserie.

– Habile de mes mains, quelques années plus tard je fus admis dans l'ordre des compagnons du tour du Glankistan. Je fus initié sous le nom de Kollbien Lamorthèze. Je reçus les signes et mots de passe relatifs à mon grade, puis je parcourus le pays durant trois années avant de me lancer dans la fabrication de mon chef d'œuvre qui allait m'offrir la maîtrise. A savoir la réplique d'un bâton de berger soudanais.

– J'eus alors l'idée d'adresser un courrier au compagnonnage Français faisant état d'un projet d'échange culturel entre nos deux nations, ce qui fut accueilli avec enthousiasme par vos compatriotes. Je me retrouvais donc un beau jour dans ce beau pays qui est le vôtre avec pour tout bagage, un sac de plastique vert au bout de mon bras. Dans mon sac y avait que de l'air mais c'était déjà çà.

– Mon tour de France commença donc par celui des commissariats où je reçus également les

signes et mots de mon grade (la décence m'interdit de les retranscrire ici).

– Ce faisant, j'exerçais pour survivre une foule de petits métiers, vidangeur, conducteur de marteaux piqueurs, convoyeur de bennes à ordures, puis je passais avec succès le brevet de technicien de surface avant de devenir agent technique à la ville de Paris.

– Imaginez ma fierté lorsque rentré au pays, je pus faire état de mes certificats de travail. D'autant que je manipulais parfaitement la langue. J'entrais très vite au service de l'état. D'abord comme interprète au cours des voyages officiels, puis secrétaire d'état, puis chef de cabinet, ce qui bien sûr n'a aucun rapport avec le métier de vidangeur ! ... Quoique...Certaines fois... Mais passons ! Pour finir, il y a trois ans, notre ministre des affaires étrangères ayant choisi de se suicider en se coulant dans un bloc de béton avant de s'envoyer par le fond, j'étais présent je n'ai pas réussi à le faire changer d'avis, voyez quand j'y pense j'en pleure encore, bon ! laissez-moi me reprendre, suite à ce suicide donc je fus élevé au titre de ministre à sa place à la majorité de la voix de la reine, qui ,ne trouvant personne dans les bureaux, finit par trouver quelqu'un assis sur les toilettes, moi donc ! Et le nomma ministre. Bon ben, cette fois j'y vais. Allez, à dans deux jours à la frontière sud-ouest.

Je sais pas toi, mais moi je suis tout ému ! Que voilà une belle histoire ! Faudra que je la raconte un jour. Nous saluons l'éminence, l'accompagnons jusqu'à sa Rolls en or massif (excuse-moi, je me suis planté tout à l'heure, c'est bien du vingt-deux carats !) et tandis qu'elle s'éloigne je refais encore une fois le point.

Chapitre 6

Un silence de mort plane sur une nuit d'encre. (putain si c'est beau ! Prend des notes pour te souvenir). Notre progression est celle d'un matou s'approchant d'un piaf. Pas une pierre ne roule, pas une arme ne heurte la roche. La frontière est là à quelques centaines de mètres. Nous savons que la surveillance est draconienne.

Bien que tout ai été mis au point pour que nous n'ayons pas à faire usage de nos armes, nous en sommes largement pourvus. Pour ma part je trimballe un MAS mille neuf cent deux modifié deux mille, à rayon ultra bleu ciel, le dernier rayon mis au point par les cycles All Berechtein, celui-là même qui a découvert qu'on en chiait beaucoup moins à la descente qu'à la montée.

Ce flingue est une petite merveille de technologie. Rends-toi compte ! Avec la puissance du rayon ultra bleu ciel (bien réglé évidemment !) tu peux la nuit (c'est le cas) apercevoir les tours de la cathédrale de Chartres depuis les toilettes du palace de Bagdad (avant la guerre bien sûr !) Pour compléter, j'ai aussi une paire de jumelles courbées Turbo D, reçue la veille par colis des trois belges. Avec cette invention, la visée pointe vers un satellite qui te renvoie l'image que tu souhaites dans un rayon de cent soixante-trois mille deux cents kms.

Comme tu vois, nous possédons le dernier cri de l'armement en vente chez tous les marchands de journaux. Les Terminators, Albators, Gladiators et autre connotors, peuvent aller se rhabiller !

Je profite d'une halte pour épauler mon flingue, coller mon œil à la visée et contrôler si ma bagnole est toujours à sa place dans le sous-sol de mon immeuble Paris seizième. Rassuré, je reviens à ce qui nous occupe. L'opération pénétration (frontière évidemment) se fera à trois heures, vingt et une minutes, seize secondes précisément. Les millièmes sont laissés à notre discrétion.

Il faut que je t'explique comment les choses vont se dérouler ! (je savais même pas qu'elles étaient roulées) faudra que je contrôle. Notre accident d'avion a donné une idée à notre Éminence. Un avion privé de la compagnie Grossmanie-Air, appelé à la destruction, va se crasher sur la frontière à l'heure précise (indiquée ci-dessus) où le garde numéro trois cent douze mille sept cent six, se rend aux toilettes muni d'un journal de Mickey. (Désolé pour la pub, mais c'est nécessaire).

L'avion doit s'écraser pile sur les barbelés électrifiés. Il y aura un coup de jus qui fera tout péter sur le secteur. La clôture sera arrachée, le garde privé de lumière mettra plus de deux minutes pour poser son livre, se fringuer, tirer la chasse, tirer le verrou, et se précipiter vers le lieu de l'accident.

Deux minutes que nous mettrons à profit pour piquer un sprint, franchir la frontière, nous planquer derrière le bâtiment des toilettes, attendre qu'il en sorte, puis tandis qu'il se précipitera, nous disparaîtrons dans la nuit.

C'est vrai que l'idée est excellente ! Personne ne croira à un incident de frontière. Pour les Glankistanais, il s'agira bêtement d'un accident aérien, un message officiel signalera que le pilote a pu s'éjecter et qu'il se trouve présentement en Grossmanie.

Puisque j'ai un peu de temps avant le déclenchement des opérations, laisse-moi te décrire le reste de l'armement dont nous disposons.

En armes légères, il y a aussi des lance-pierres électroniques qui envoient des cailloux dans la direction opposée afin de détourner l'attention, des arcs électriques pour souligner les points forts du combat, des armes blanches peintes en noir pour les combats de nuit, deux chars gonflables Leclerc (uniquement en grandes surfaces) à chenilles processionnaires et canons à neige se rechargeant au passage des rivières, des torches (va savoir quoi ?) électriques inutiles (nous n'avons pas le temps d'aller aux toilettes . (Ah, ça ! Avec moi faut suivre !)

Quelques morceaux de ciel bleu pour faire croire à l'ennemi qu'il fait jour, de fausses lunes pour le contraire, le tout en sachets déshydratés pour tenir moins de place. Attention ! A diluer seulement dans l'eau plate. (t'as jamais vu la lune faire des bulles, à part dans ta baignoire !)

Des chaussures à doubles talons pour désorienter l'ennemi. C'est vieux mais ça marche encore ! Ça marche... ! T'as compris ?) Des mâchoires de chiens en résine pour faire croire qu'on a des pit-bulls, et pour conclure, des parasols pour bouffer à l'ombre.

Ouf ! J'ai fini la description à temps car un bruit de moteur nous parvient. Je consulte ma montre. H moins trois minutes. Le bruit se rapproche. Va falloir que je te laisse, on se retrouve au Glankistan.

Je mets un œil à mes jumelles. Le garde observe le ciel. Merde, pourvu qu'il aille tout de même aux toilettes ! Ouf ! Il sort Mickey de la poche de son treillis (le journal je précise) et fonce vers le bâtiment. OK, c'est parti !

Glankistan, frontière sud-ouest, vendredi treize, trois heures, vingt minutes, dix secondes du matin. Le garde pénètre dans les toilettes, le bruit de l'avion est sur nous.

Trois heures vingt et une minutes, trois secondes. Je bondis, l'avion termine sa course, les barbelés s'enroulent, je te dis pas l'éclair et le pétard ! Si je te dis ! Une lumière comme t'as jamais vu, un éclair comme t'as jamais vu, un pétard comme t'as jamais entendu ! Je peux pas faire mieux, c'est indescriptible ! Va falloir t'en contenter.

Tout ça pour te dire que le garde sursaute, jette son journal, tâtonne pour trouver le papier, ne le trouve évidemment pas d'autant que le rouleau est vide. Nous courons ! Trois heures vingt et une minutes dix secondes (plus le temps de mettre les virgules). Je franchis le passage ouvert par l'avion.

Le garde utilise Mickey (pas grave, on aurait pas le temps de lire) l'avion brûle, l'ensemble du groupe franchit la frontière. Trois heures vingt et une minutes quinze secondes, la frontière est franchie, le garde remonte son pantalon. Trois heures vingt et une minutes seize secondes, l'avion explose !

Le garde serre sa ceinture, un chien aboie, la caravane ne passe pas vu qu'il n'y en a pas, sauf au camping de St-Malo, mais ça ne chien ne peut pas le savoir puisque ... Pas le temps, excuse !

Trois heures vingt et une minutes seize secondes huit dixièmes, on se jette à plat ventre derrière le bâtiment. Le garde tire la chasse, le feu consume l'avion, le chien aboie toujours !

Trois heures vingt et une minute seize secondes huit dixièmes quarante centièmes, le garde cours vers l'avion, nous courons à l'opposé.

Frontière sud-ouest du Glankistan, vendredi treize, trois heures, vingt et une minutes, seize secondes, huit dixièmes, quarante-cinq centièmes, opération réussie, frontière franchie, pas de bobo, RAS ! Ah si ! Le chien aboie toujours.

Il ne nous reste plus qu'à nous enfoncer en territoire ennemi. Nous ferons le point quand il fera jour. La colonne se déplace rapidement. Je distingue les crêtes montagneuses qui se dessinent dans le ciel. C'est sous ces montagnes que se trouve le seul, l'unique, le plus gigantesque, le plus formidable, gisement de sulfate de zingolprouf ; source de toutes les richesses du pays, de toutes les emmerdes aussi.

Hann Hykordy crapahute en tête de colonne, il a troqué le costard pour le treillis et la Rolls pour les rangers. Si par hasard on se fait piquer, il n'a aucun souci à se faire pour son avenir. Il s'arrêtera là ! Le mien aussi probablement ! Si le bouquin s'arrête brusquement, c'est que je suis mort. (fallait que j'te prévienne).

La nuit s'étire, la marche continue, rapide, silencieuse. J'ai un caillou dans ma chaussure, je m'arrête, me plie, le suivant me percute, je me retrouve la tronche sur la caillasse, je saigne, me voilà blessé de guerre, cela comptera-t-il pour ma retraite ? On fait du bruit, devant ça réagit.

– *Schutt ! Schutt ! Vhogheul*

Ce qui je présume veut dire chut, chut, silence ! Le jour se lève, je fatigue. J'ai la dalle, mal aux pieds, enfin on s'arrête ! Je m'apprête à m'asseoir quand on vient me prévenir que son Éminence désire me voir. Je remonte la colonne. Je l'aperçois entouré des rebelles habituels.

– *Vous m'avez fait demander votre Éminence ?*

– *Laisse pisser le mérinos, après ce que tu viens de faire, on peut se tutoyer ! Tu viens d'entrer dans l'histoire de ce pays, quand je serai roi, je t'élèverai au rang de héros national. Tu seras décoré du ruban Hadhésiff et probablement de la grande Scieharubhan. Mais pour le moment, pose tes miches sur un caillou, nous allons faire le point.*

J'en suis sur le cul, c'est le cas de le dire. L'ex-ministre est transformé. C'est un combattant, un guerrier, un foudre de guerre. Il déplie une carte, l'étale, pose son doigt sur un point précis, il parle à ses officiers. Mon pote traduit. Messieurs nous sommes ici. Nous aurions pu être ailleurs mais il se trouve que nous sommes ici. Un groupe va marcher avec moi sur la capitale. Je pense que nous y parviendrons en deux jours. Un autre groupe va conduire le français jusqu'aux mines, que le russe l'accompagne.

– *Gaffe à vos miches s'il leur arrive quelque chose ! Vous l'aiderez à récupérer son prisonnier puis vous viendrez me rejoindre à Kashmouasah. Donnons-nous rendez-vous disons... Lundi prochain à la maison de la radio. Si ça tourne mal, fuyez, retournez en Grossmanie. Bon tout est dit, à présent, la bouffe !*

Et bien dis donc, voilà un mec, si son coup réussit, qui va remettre de l'ordre dans le pays. Bon, moi aussi j'ai faim ! Je fouille dans mon sac à dos (c'est pas parce que je ne t'en ai pas parlé, que je n'en ai pas). J'en extirpe une boîte en carton qui ressemble à une boité en carton. Les inscriptions étant dans la langue du pays, je ne t'en ferai pas la traduction.

Je suppose que dans tous les pays, des rations militaires ressemblent à des rations militaires. Je suppose mal, je suis au Glankistan ! Je l'avais oublié. Je m'empare d'un rouleau de papier gras, le déroule, son contenu me reste dans la main. Je suis pétrifié. Un fœtus d'enfant momifié !

Avant de tourner de l'œil, je veux m'assurer de la réalité, non, c'est un fœtus de singe. Je lève les yeux. Les mecs me regardent. L'un d'eux, comprenant ma méprise, glisse sa langue sous la peau de son menton et saute en se grattant sous les bras, puis me fait signe de mordre dedans.

Je contemple ma pitance. Tout y est ! De la tête aux pieds ; même pas vidé, tout juste séché, momifié, couvert d'une pellicule caramélisée légèrement gluante. Au secours, maman ! Je souris, laisse entendre que je vais y revenir, que je désire voir la suite. J'ouvre une boîte métallique, ça je connais, des sauterelles séchées. Je referme. J'ouvre un tube, ça pue, une horreur, je tire une brochette de vers blancs gros comme mon pouce, laiteux, baveux, je crois que je vais gerber !

Je continue ; une boîte de sardines à l'huile ! Je n'en reviens pas ; Un rêve ! Je cherche à l'ouvrir. L'éminence m'interpelle.

– *Cherche pas, il n'y en a jamais ! C'est à croire que la clé à sardines n'a jamais été importée au Glankistan. Bouffe plutôt le singe, tu trouves ça dans toutes les armées.*

J'abandonne l'idée de lui expliquer qu'il ne s'agit pas du même singe. Je suis abattu, désespéré, effondré, effaré, l'ex-ministre insiste.

– *Allez, fais pas ta chochotte, bouffe le singe, c'est plein de vitamines. C'est des fœtus avortés, séchés, puis conservés dans leurs poches qui séchant au soleil se caramélisent ; un délice crois-moi !*

Je n'en veux pas mais tous les yeux sont posés sur moi. Je sens que je vais les vexer, les outrager, il le faut, adieu monde cruel ! J'avance la main, la chose approche de ma bouche, j'écarte les mâchoires, j'évite de respirer, je sue comme la mer de glace au mois de juillet, Je ne réfléchis plus, Je pense à mon resto de quartier, aux repas de réveillons, j'hallucine, des dindes dansent devant mes yeux, rôties à merveille, juteuses, à un plat de homards, à un tournedos marchand de vin. Allez...

J'y vais !

J'enfourne la tête, je tranche, je mâche tout doucement, je mâche plus vite, je dévore, je me régale, du pain d'épices, oh les cons ! C'est du pain d'épices ! Si tu les voyais se régaler du tour qu'ils viennent de me jouer. Un singe en pain d'épice, copié à la perfection. Une horreur dans sa présentation, un bonheur à déguster. Tout au plus un peu sec. Du café nous est proposé, chauffé dans une thermos à pile. Faire du feu nous trahirait. D'un coup je me sens en super forme. Pourtant je n'ai pas dormi de la nuit. Je n'ai qu'une envie, foncer droit devant moi. L'éminence me lance.

– *La forme hein ? C'est le café ! On y ajoute de la fiente de poules élevées aux œufs de serpents à sonnettes.*

Je m'empresse de penser à autre chose. A cet homme que ma voyante m'a décrit, malmené au fond de sa mine. S'il pouvait se douter que je suis à quelques heures de lui ; payé par sa femme pour l'arracher à son enfer. Sa femme qui brusquement ne souhaitait plus me voir intervenir. Sa femme qui aujourd'hui repose en paix.

D'après mes calculs, le groupe qui doit m'accompagner vers les mines de sulfate sera fait de quatre hommes. Parti seul de Paris, me voici à quelques heures du contact, au sein d'une équipe de six.

Ils me sont bien sympathiques ces rebelles ; Prêts à risquer leurs vies pour cette étrange idée. Vouloir fonder un état indépendant en morcelant leur propre pays, tout en acceptant d'être gouvernés par un souverain frontalier, si le coup d'état qui se prépare ne finit pas en jus de boudin.

Je doute fort que le gouvernement Grossmanien, laisse la division s'installer. Quelque chose me dit que ce bled restera une poudrière pendant encore pas mal de temps. Je porte mon regard sur le ministre, il ne fait pas le moindre doute pour lui que la reine Saale Bhourik (mais au fait ! Qui est-elle cette Saale Bhourik ? Comment est-elle ?). J'ai sous la main, le mieux placé pour en parler, son ex-ministre des affaires étrangères.

– *Dis donc ton Éminence, Ta reine Saale Bhourik, qui est-ce au juste ?*

L'éminence s'approche, s'assied à côté de moi.

– *Elle est arrivée sur le trône il y a trois ans, à la mort de son époux, le roi Kelpovmek III qui le tenait lui-même de son père, Saal Khonnarh sixième du nom. Cette famille règne depuis deux siècles. En réalité, jusqu'à la découverte du sulfate, le pays était d'une pauvreté extrême. Il n'y avait guère qu'une misérable culture ou l'exode à l'étranger pour ne pas crever de faim. Le rêve Français, déjà !!!*

L'endettement extérieur était colossal et sans le secours populaire européen et l'envoi généreux des surplus des restos du cœur papouasiens, le problème de la surpopulation ne risquait pas de se présenter. Et puis un jour, un hasard inouï, une expédition archéologique débarque pour effectuer des fouilles dans les montagnes. Ils installent un campement et se servent de réfrigérateurs à pédales.

Un midi, à l'heure de l'apéro, voilà que l'un d'eux oublie de se laver les mains. La poussière de sulfate se colle sur les glaçons contenus dans le bol. Ce dernier retourne au réfrigérateur avec les glaçons restants. Vers vingt heures, le bol refait son apparition et à la stupeur générale, un minuscule germe végétal trône sur deux ou trois glaçons.

On arrache ces germes, on les passe au microscope et la vérité tombe ! Les germes ont pris racine sur du sulfate !

La poussière de roche dont tout le monde se foutait royalement depuis des millénaires, permet de faire pousser des végétaux sur la glace !

La nouvelle se répand, les pays froids rappliquent, c'est la richesse assurée. Le reste du monde s'oppose à l'exploitation du minerai. Le Roi

Saal Khonnarh est vieux, dépassé, la situation l'emmerde autant qu'elle lui échappe, il abdique en faveur de son fils qui devient Kelpovmek III et hérite de la situation.

Il n'est pas préparé. C'est un roi effacé que le pouvoir n'intéresse pas plus que çà. Un roi doit être marié, il doit procréer, la fille du président Mouss de Phoua de Kanarh qui dirige la Grossmanie, est jeune et disponible. Faut pourtant dire que les prétendants ne sont pas nombreux bien que la minette possède quand même deux particules. Seulement voilà !

La demoiselle a eu le malheur de faire sa maternelle supérieure en Russie, à la Crèche de Tchernobyl. Présente lors du triste épisode nucléaire de la centrale, la petite fut irradiée. Elle résista grâce aux soins particuliers dont elle put jouir étant la fille de son père ; mais hélas quelques particularités apparurent comme par exemple une langue de vipère, ou encore deux pis de vache laitière limousine en guise de poitrine.

Peu de candidats donc pour d'éventuelles épousailles. Mouss de Phoua de Kanarh ayant appris la démission de Saal Khonnarh et l'intronisation de son fils, usa de son influence sur le jeune roi et quelques temps plus tard, le mariage fut célébré. Étonnamment, cette union déclencha la colère des états voisins.

– Pour quelles raisons, puisque la Grossmanie n'a pas de richesses ?

– Erreur ! La Zone sud-est frontière avec la zone sud-ouest du Glankistan, contient du pétrole. Des fouilles financées par l'état Glankistanais, révèlent la présence de l'or rouge dans le sous-sol !

– Vous voulez dire de l'or noir ?

– Non, non ! J'ai bien dit de l'or rouge. En fait le sous-sol contient des réserves de fuel de chauffage, uniquement de chauffage ; strictement interdit pour les moteurs diesel. Chose tenue secrète encore aujourd'hui.

– Ah ! Voilà donc pourquoi ces gens souhaitent l'indépendance de la région.

– Tu as tout compris ! L'union de ces deux états est un mariage de raison. Mais je continue. Le mariage à lieu, la reine est couronnée en grandes pompes (52 je crois) et elle s'installe sur le trône. Hélas, sous l'influence de son père, la minette tente de manipuler Khelpovmek qui malgré son air con, la voit venir.

Craignant que les magouilles de sa bourgeoise ne laissent le pays aux mains de la Grossmanie, le roi commence sérieusement à envisager de répudier la belle. Cette dernière ayant eu vent du projet, mais ne voulant pas se mouiller, fit assassiner son mari par Rhavayak, chef de la police déguisé en malade mental et lui offrit en contrepartie le poste de ministre des affaires étrangères.

Malheureusement pour lui, le pauvre mec représentait une menace pour la reine. Il pouvait parler un jour. Il eut fort heureusement l'idée de se suicider au ciment ....La suite tu la connais... Je fus nommé à sa place, etc...etc... C'est fort de cette nomination que je découvris que la reine se gavait les comptes en banques privées sans vergogne.

– *Et tu t'es dit pourquoi pas moi ? Tu as livré du sulfate en échange de diamants que tu as oubliés dans un coffre suisse !*

– *C'est tout à fait ça ! Quand cette sale pute borgne à découvert l'histoire, car tout se sait un jour, j'ai préféré mettre les voiles. Je me suis réfugié en Grossmanie afin d'y préparer mon retour chez moi.*

– *Mais attend ! Le président de la Grossmanie est le père de Saale Bhourik, comment se fait-il qu'il t'ait donné asile ?*

– *Il a compris que sa fille n'est pas partageuse. Voyant ce qu'est devenue sa progéniture, il souhaite vivement la voir retourner à sa machine à coudre au fond de sa chambre.*

– *Donc, il compte sur toi pour lui renvoyer sa*

fille par colis postal, te laisse t'installer sur le trône et espère en échange, des transactions bénéfiques pour lui ! Ce qu'il ignore, c'est que les gugus qui foutent le bordel dans le sud est sont manipulés par toi !

– *Tout à fait exact, tu as très bien analysé la situation !*

– *Donc en réalité, tu es tout aussi tordu que ce joli monde !*

Hann Hykordy se fend la poire. Il m'entoure l'épaule de son bras.

– *Je t'aime bien toi ! Pourquoi tu restes pas avec nous ? Je suis sûr qu'on se fendrait la gueule tous les deux. Je te nommerai ministre de quelque chose, tu choisiras !*

– *Trop aimable à toi, mais tu vois, je n'aimerais pas qu'un jour tu m'offres des godasses en béton. Je me chausse toujours sur les Champs à Paris, c'est une habitude que j'aimerais garder !*

– *Comme tu voudras, mais si tu changes d'avis, téléphone-moi. Bon, ben c'est pas tout ça, mais il faut que j'y aille. Allez les enfants, debout !*

Chapitre 7

La matinée est bien avancée (comme l'âge de madame) et depuis plus d'une heure, nous marchons dans un décor lunaire, tout n'est que roche et pierraille. Nous longeons en nous élevant, un abîme de six mille quatre cents mètres un quart, que si jamais l'un de nous se cassait la gueule, il ne serait pas en bas avant les fêtes de fin d'année.

Aussi loin que porte la vue, c'est le désert. Un désert désertique, impitoyable, une immensité minérale dans un silence comme t'as jamais entendu. T'as déjà entendu le silence ? Je sais pas toi, mais moi j'adore !

Tu poses ton cul sur une pierre, tu mâchouilles un brin d'herbe, ou autre chose selon tes goûts, tu regardes et t'écoutes. C'est tout, c'est géant ! De temps en temps un bourdonnement d'insecte, tu te demandes ce qu'il fout là ! C'est étonnamment ce qui te permet de mesurer le silence (non ! Je ne ferais aucun jeu de mots sur le mètre à mesurer le silence !).

Tu oublies tous les bruits de merde de la (civilisation). Je mets la parenthèse parce-que civilisation, bonjour la plaisanterie ! Tu oublies les bagnoles, les klaxons, t'as des malades de l'avertisseur sonore. T'oublies ces putains d'enfoirés sur leurs motos de tarés, que quand ils passent, tu rêves que tu as un lance-roquettes et que tu leur pulvérises le cul !

T'oublie les autres aussi, les plus jeunes, sur leurs scooters abrutissants, qui mettent la matinée pour parcourir cent mètres, la tête sur le guidon, le cul en l'air, l'air très con et même encore plus con que ça. Tu oublies la gueule de ta concierge, qu'à chaque fois qu'elle l'ouvre c'est une agression, la femme du voisin qui gueule après ses mômes du matin au soir, même que tu rêves que tu lui arraches la langue avec une pince de forge chauffée à blanc, tout en lui coulant du plomb fondu dans l'oigne afin que son mari, que plus con que lui tu meurs, ne puisse plus la remplir, vu qu'il est chômeur de père en fils et qu'il n'a que ça à foutre (si j'ose dire !).

Et puis et surtout, tu oublies la multitude de faces de carême qui encombrent ton existence ; Ton percepteur avec la gueule de l'emploi, prêt à te piquer la peau de tes burnes si tu craches pas la monnaie illico et sans délais ; L'huissier du trésor, que rien qu'à sa tronche tu comprends qu'il te digère déjà. A peine chez toi il a tout pesé, étiqueté, estimé, emballé, qui ne connaît du Français que quelques mots usuels (sommation, assignation, liquidation, saisie mobilière, immobilière, etc...).

T'oublies ton chef de service, son regard éteint, sa gueule blafarde, son crâne dégarni, lèche cul du patron, qui te fait chier en permanence dans l'espoir d'une promotion qui l'enverra quelques étages plus haut, où il pourra de plus belle se décomposer jour après jour entre quatre murs triste à crever, jusqu'à ce qu'il crève précisément, sans avoir jamais vécu.

T'oublies ta banque, ton banquier, ta banquière, l'employé qui surveille ton compte, que t'as toujours l'impression que la banque lui appartient, qui te regarde comme une crotte de chien chiasseux dès que tu lui demandes un découvert, vu que déjà tu as du mal à rembourser les traites de la baraque que tu as achetée au taux le plus bas mais que tu paieras de toutes façons deux fois.

T'oublies les supermarchés où t'oses plus foutre les pieds, vu que tu leur as foutu des chèques en bois, ton garagiste qui te dit qu'il faut changer le moteur quand tu as un pneu crevé, ta bouteille de gaz, toujours vide le dimanche, précisément celui où tu reçois ta belle famille, que tu sais que déjà ils ne peuvent pas te blairer et que tu en as autant à leur service.

T'oublies ta malchance aux jeux. Que les seuls morpions qui te rapportent quelque chose, c'est tes mioches qui ramène les flics à la maison, qu'à chaque fois que tu joues aux courses, le favori, l'imbattable, la terreur des champs de courses, qui a déjà gagné le prix des empêcheurs de tourner en rond sur un hippodrome, qui doit gagner, qui va gagner, est pour finir largué par un bourricot rapiécé, boiteux, tuberculeux, rescapé de l'abattoir, qui de plus tirait un sulky dont la roue droite était crevée et la gauche bloquée.

T'oublie qu'au camping de St-Tropez, tu retrouves chaque année les mecs avec qui tu bosses pendant onze mois, avec en prime la femme caractérielle, les gamins délurés, la belle-mère acariâtre, le beau-père poivrot, qu'en fin de compte c'est encore avec lui que tu te fends le plus la poire, t'oublies que t'as oublié de fermer le gaz mais que ça n'a pas d'importance vu que de toute façon on te l’avait coupé.

T'oublies qu'aux prochaines élections tu oublieras d'aller voter vu que pour toi ça ne changera rien, que la seule fois où le député t'as serré la pogne, c'était sur le marché pendant sa campagne. Même que tu as dû poser ton cabas dans la flotte vu qu'il pleuvait, mais que depuis il doit faire du tourisme dans l'Himalaya.

Que quand tu écris à l'administration, t'as jamais de nouvelle. Que quand tu écris au ministre c'est le jardinier intérimaire qui te répond. Que quand t'écris des lettres anonymes t'as jamais de réponse.

Que tes parents t'interdisaient de répondre, que l'instit te collait des beignes et que tes parents t'en collaient une autre, qu'aujourd'hui ce sont les gamins qui en collent aux profs, que t'as oublié d'aller communier dimanche dernier, que ton mariage est un échec, que tes mouflets sont nuls et moches, que la vie te fais chier, que tu te fais chier dans la vie, qu'heureusement y a la télé, que la France a gagné la coupe du monde (allons enfants de la patrie).

T'oublies que tu as perdu dix balles, qu'une balle perdue c'est dangereux, que t'aurais pu avoir deux barils pour le prix d'un, que les arabes et les juifs ont respecté le traité de paix entre onze heures et onze heures cinq, que les pets de vaches font des trous dans la couche d'ozone, (faut bien que ce soit la faute de quelqu'un !).

Que les pauvres en sont folles, que la mer est polluée, que le pétrole coule à flot, que t'as qu'à tremper ton jerrican dans la manche et remplir ton réservoir, que ta bagnole roule donc à l'eau de mer, que les homos défilent, que les travelos se font opérer, que les travailleurs sont émigrés, que si tu touches à mon pote t'as ma main sur ta gueule et l'autre sur le cul de ta femme, que la planète est bleue, que toi t'es vert, que allez les verts, que je t'offre un verre, que les vers te boufferont, que main dans la main nous marchons vers demain, que tous les cinq ans un sauveur naît et qu'il n'a qu'une idée c'est de te plumer , que demain est un autre jour, qu'un jour on va tous sauter et que vive l'humanité!

Bon, tout ça pour te dire, qu'ici, c'est le pied ! Dommage que ce paysage appartienne à une région tourmentée et que nous soyons tenus de rester en permanence sur nos gardes. C'est étrange le hasard tout de même ! C'est pile au moment où je te parle de vigilance, qu'on se fait bananer.

Il en sort de partout ! D'en haut, d'en bas, de derrière les cailloux, nous sommes tellement encerclés que je ne vois plus le paysage. Inutile d'essayer quoi que ce soit. Nous posons nos armes. Des deux mains je contrôle si j'ai toujours des cheveux sur la tête. OK ! Ils sont dressés mais ils sont là.

Si je te décris la gueule des militaires qui nous entourent, tu prends peur, tu fermes le bouquin, tu fermes à clé, tu baisses les stores, tu te pieutes, tu tires le drap sur ta tête (tu peux vraiment rien tirer d'autre !). Bon je décris quand même mais rapidos. Cradingues, puants, barbus, édentés, baveux, roteux, péteux, borborygmeux, bref, la classe moyenne du pays !

A coups de crosses et de pompes dans le derche, nous sommes contraints de nous débarrasser de nos biens y compris de nos fringues. Quand ils sont sûrs que nous n'avons plus d'armes cachées, nous pouvons nous rhabiller.

L'un de ces macaques illettrés s'approche de moi, me fixe, et brusquement, me balance un coup de crosse dans le bide qui me coupe la respiration, me plie en deux, j'étouffe, j'émets de drôles de bruits, j'essaie de ne pas me mettre à genoux (je ne le fais qu'à l'église !).

En voilà un qui dès à présent est noté dans mon carnet. J'imprime sa gueule d'abruti, il ne perd rien pour attendre. Machinalement, je regarde mon russkoff. Il a apparemment vécu la même aventure.

On nous embarque. Tenter quoi que ce soit serait pure folie, alors nous ne tentons rien. Nous marchons, nous marchons. Ça dure des heures, au moins quatre. Je ne peux pas contrôler, ils m'ont piqué ma montre.

Aux détours du chemin (façon de parler puisqu'il n'y en a pas) apparaît enfin un chantier de mines. Une fourmilière. Ça grouille pareil. Sur des hectares la montagne est creusée. Le chantier plonge vers un gigantesque cratère d'où s'élève une poussière opaque.

Ça me fait penser aux scènes de films antiques. Des mecs torses-nus, cassés en deux, creusent la montagne à la pioche. Un soleil de plomb fondu leur cuit la peau. Ils ont le dos et les épaules, zébrées de coups de cravache que leur balancent des gardes chiourmes en armes.

Nous nous arrêtons sur une esplanade, devant des bâtiments de tôles dégueulasses, rouillés, on nous fait coucher à plat ventre sur le sol, mains et bras tendus vers l'avant. Enfin un officier apparaît. Il donne des ordres. Nos quatre potes rebelles sont relevés par les tifs. Ils ramassent des mandales, se retrouvent torse nu et manu militari, descendent vers l'enfer. Le nez dans la poussière, il ne reste que mon copain et moi-même.

– *Krakboum-hue !*

Je suppose que cela signifie debout. D'ailleurs mon pote se relève. J'en fais autant. L'officier nous toise, puis dans un français lamentable s'adresse à moi.

– *Ti vini pir vouir li Françi ? Ti vi li rijouidre tri vite !*

Il se tourne vers mon ami et engage avec lui une assez longue conversation. Pour finir, il fait signe à deux gardiens de nous conduire vers le bâtiment. Je te dis pas la chaleur sous la tôle, un four !

L'officier prend place à une table derrière laquelle se trouvent deux réfrigérateurs. Le militaire en ouvre un, saisit deux bières, les pose devant nous. Nous restons debout. Je bave devant le spectacle de ses boissons ruisselantes de gouttes de condensation. L'officier me toise.

– *Ti as souif, ti vi bouir ? Ti ripond, ti boui !*

Putain si je veux boire ! C'est rien de le dire ! Mais comme tu es là, je fais le mariol.

– *Embrasse mon cul et colle-toi ta bière dans le fion !*

Remarque bien que pour être franc, je ne lui aurais peut-être pas dit ça si j'avais su qu'il comprenait tout à fait le sens de mes propos. Il y a des moments où je serais bien inspiré de fermer ma gueule. Il hésite sur la suite à donner à ma réponse, ne se fâche pas, me fait retirer mes fringues, ouvre le second frigo qui se trouve être un congélateur, les deux gardes me propulsent à l'intérieur.

J'y tiens à peine. Je m'accroupis, il fait noir, très noir, froid, très froid. Ça m'étonnerait que je résiste longtemps. Je m'efforce de penser à l'instant d'avant, quand je crevais de chaud sous la tôle. J'essaie d'en conserver la sensation. Autant te dire que je n'y arrive pas !

Combien de temps à ton avis vais-je pouvoir tenir ? Une heure, deux ? Bon, ! Ben je ne sais pas si j'ai intérêt à continuer de jouer les durs, surtout que je n'ai pas grand-chose à cacher à part ma nudité qui s'est d'ailleurs sous l'effet du froid, déjà planquée d'elle-même. En plus du froid je ne vais pas tarder à manquer d'air. Allez, c'est bon, ouvre la porte ! Je frappe, on ouvre. Salut la compagnie !

– *Alôr, ti parli ?*

– *OK ! J'i parli ! J'y vi tout t'y dire sale counnard !*

Ça dure une bonne heure. Je lui raconte tout. Comment j'ai été contacté par la femme de l'homme qu'il garde prisonnier, sa mort, mon voyage, le crash, le passage de la frontière, sauf que je ne sais pas pourquoi, je ne lui parle pas du ministre. Il n'en parle pas non plus. Je lui demande ce qu'il compte faire de nous.

– *Pi itre di travaillor, pi itre autri chose !*

– *Et si je refuse ?*

– *Ti fini comme ti copi li Françi ! Ti Batti, ti bouffi rien di tout, ti dorr pli !*

– *Il est encore vivant ?*

– *Pli pir bicoup di ti ! Pi itre quilqui hires !*

– *C'est dégueulasse ! Vous êtes des sauvages. Vous n'avez rien d'humain !*

– *Pi itre, mi çi coumm çi !*

– *Je peux le voir ?*

– *Si ti vi ! Pi itre qui ti pourri li couvicrr !*

Je suis autorisé à me revêtir. On m'entraîne dehors. Je te dis pas comme je suis heureux de revoir le soleil ! Nous traversons le chantier enfin une partie, car pour traverser il faudrait au moins quatre mois à marche forcée. Nous atteignons l'entrée d'un tunnel. Ça ressemble tout à fait à une mine ordinaire. Il y a des étais, c'est bas de plafond, le sol est occupé par des rails, c'est long, interminablement long.

Un fil électrique court le long de la paroi avec des ampoules tous les dix mètres. Il fait frais, c'est agréable. Une poussière jaune couvre tout. C'est incroyable, j'ai l'impression d'avoir déjà fait au moins deux bornes.

Je suis encadré par les deux gardes. Je me dis que peut être j'arriverais à m'en séparer en étant rapide et précis, mais quelque chose au fond de moi, me dit de ne pas faire le con ! Je crois que nous arrivons. L'espace s'agrandit. C'est le bout de la galerie. Sur un monticule de cailloux jaune, j'aperçois mon bonhomme, recroquevillé sur lui-même (ce qui est normal puisqu'il est seul).

Il ne bouge pas, ne réagit pas. Il est couleur de sulfate. Peut-être un peu plus gris. Il n'a que la peau sur les os et plus pour longtemps puisqu'il est raide comme la justice. Mort depuis peu, mais mort ! J'arrive trop tard. Là, vraiment, c'est pas de bol !

Tout ce bordel pour arriver trop tard. C'est pas juste ! J'enrage, je bous, ces sales enfoirés l'ont laissé crever de faim, de soif, de gnons. Ah, les ordures, les fumiers, les crapules ! Je me redresse, m'adresse aux deux gardes, leur montre le corps, ils s'en tapent, me le font comprendre, me font signe de les suivre, j'obtempère.

Nous rebroussons chemin. Ma colère ne tombe pas. Je me retrouve au soleil. Mes deux gaillards me conduisent sur la pente, vers le fond du chantier. Je te dis pas la canicule. On entre dans une baraque. Il y a des couchettes faites de planches, pas de literie, pas de table, des brocs vides, apparemment l'endroit peut accueillir six personnes.

Il y en a déjà une. Mon russe préféré, assis sur une couchette. Il m'interroge. Je lui réponds que notre homme est décédé, que le mieux est de s'expliquer avec le commandant et de rentrer chez nous. Il m'interrompt.

– *Il me semble que tu n'as pas bien analysé la situation ! Si tu t'imagines qu'il va te laisser repartir après ce que tu as vu, tu es vraiment naïf !*

– *Alors dans ce cas, il faut qu'on se barre et au plus vite. Je n'ai pas l'intention de crever ici !*

– *Moi non plus, mais dans l'immédiat, le mieux est de faire semblant de coopérer. Regarde, on a du bol, cette baraque est pour nous. Les autres couchent dehors sur le chantier.*

La porte s'ouvre, l'officier apparaît :

– *Ti satisfi ? Ti a vi loui ?*

– *Il est mort ! Vous le saviez depuis un moment n'est-ce pas ?*

– *Si pa d'ma foot, si loui qui choisi, si*

trrravaill loui pa mourte ! A prisi, çi parrreil porr vous, ti trrrravaill ou ti criv !

Cette fois j'explose ! Cette face de rat me pompe l'air, me brise les noix. J'avance sur lui, je le toise.

– *Espèce de sale connard de bouffeur de merde, face de pet de bonobo, je vais t'exploser ta gueule, te faire bouffer tes glaouis, t'arracher le foie, t'empaler sur un manche de pioche.*

Je n'en ai pas le temps. Je morfle pour la deuxième fois, un coup de crosse dans le bide. Je me retrouve à genoux. Paf ! J'en prends un bon coup sur la tronche, ça fait mal ! Il fait noir. J'ai des étincelles dans le crâne. Comme dans un rêve, j'entends une voix caverneuse.

– *Ti trrrravaill ou ti criv !*

Mon pote essaie de me relever. Je n'y arrive pas. C'est long à revenir. J'ai l'impression d'avoir les côtes cassées. Je saigne du crâne. Je ne peux même pas me laver, les brocs sont vides. J'entends claquer la porte. Ça me résonne dans le cerveau. Mon russe est en rogne.

– *Mais qu'est-ce qui t'as pris merde ? Si tu nous fous ce mec à dos, on va crever tous les deux ! C'est ce que tu veux ?*

– *Oh, écrase ! Moi ce genre de gus, je ne supporte pas.*

C'est plus fort que moi. Tu ne vas quand même pas imaginer que je vais finir ma vie ici ?

– *Écoute, pour l'instant nous ne pouvons rien faire. Il faut juste espérer que Hann Hykordy réussisse son coup d'état et vienne nous libérer.*

Tiens, je l'avais oublié celui-là ! C'est vrai, si par bonheur, il s'empare du pouvoir, nous serons libres sous quelques jours. Voilà une perspective qui me redonne le moral.

– *OK, mec ! On va se mettre à creuser, comme ça nous pourrons boire et bouffer. Mais pas avant demain. J'ai mal, je vais m'allonger et roupiller un peu.*

– *Ah, tout de même, tu deviens raisonnable ! Bon ! Ben moi, je vais faire comme toi. Je suis crevé aussi.*

Je réagis brusquement.

– *Mais dis donc toi au fait, tu n'as pas été interrogé ! Comment se fait-il que ce connard t'ait foutu la paix ?*

– *Bien sûr que si ! Quand tu étais dans le frigo. Mais moi d'abord je suis russe, je n'ai rien à voir avec ton français et puis comme je suis moins con que toi, je lui ai dit la vérité. Que je voulais créer une filière. Ça lui a suffi.*

Chapitre 8

T'as déjà extrait du sulfate de zingolprouf toi ? Moi oui ! Depuis deux jours je gratte la terre du bout de ma pioche. Jusqu'à maintenant aucun des gardiens ne m'a encore balancé de coups de cravache. Ça je le supporterai pas. J'ai déjà envisagé la situation. Le premier qui s'y aventure, je lui sors le cerveau d'un coup de pioche.

Mon pote bosse non loin de moi. Nous cherchons toujours à être en vue l'un de l'autre. Le boulot commence au lever du jour pour s'achever à la tombée de la nuit. C'est dur, très dur. C'est long, très long. Il fait chaud, nous avons constamment soif, constamment faim, nous tombons de sommeil.

Pour la soif, il y a des porteurs d'eau. Tu fais signe, ils rappliquent, tu bois. Pour la bouffe, tu as droit à deux biscuits de guerre (l'avant dernière) au lever, puis vers treize heures (heure solaire) la roulante arrive. Tu passes l'un après l'autre, tu prends une gamelle sur la pile, tu la tends au cuistot qui te colle une louche de purée de lézards verts morts du typhus agrémentée de deux scarabées dorés du plus bel effet, surtout au soleil, D'une demi-galette de pain complet, à savoir, la croûte, la mie, le sable, les crottes de souris, les crottes de nez du boulanger, un peu de l'eczéma de sa femme, les derniers furoncles de ses gosses, et quelques fois, du sel.

Pour conclure, nous recevons une barre de chocolat suisse venant des surplus de l'armée de Guillaume Tell. Ensuite, tu te remets au boulot jusqu'à la nuit. Je ne sais pas ce que mangent le soir ceux qui couchent dehors, mais nous, nous trouvons dans notre baraque les restes du repas du commandant.

Un énorme os de gigot déjà nettoyé par son clebs, une pleine soucoupe de pépins de melons, la boîte de conserve contenant le jus des pois chiches, ainsi que les épluchures de légumes.

Comme tu vois c'est copieux. Je ne sais pas si tu connais le coin, mais la nuit tu te pèles ce que tu sais. C'est une chance que nous jouissions d'un régime de faveur (je préférerais un régime de bananes).

Ça nous permet de gagner quelques degrés.

Hier soir, il a fait particulièrement froid. On a même cru qu'il allait neiger. Ayant entendu du bruit dehors, je me suis levé, j'ai ouvert, c'était un mec qui claquait des dents et qui tentait de s'abriter contre la baraque.

Je l'ai fait entrer. Mon pote a réussi à converser avec lui. Nous avons appris une foule de choses. Ils sont tous travailleurs émigrés. Ils ont répondu à une annonce de l'ANPE locale qui leur promettait beaucoup de travail au Glankistan. De ce côté-là, ils ne sont pas déçus !

Ce qu'on ne leur avait pas annoncé, c'est qu'ils seraient payés à coups de trique, qu'ils signeraient sous la contrainte, un contrat à vie (ce qui ne les engage pas pour très longtemps) et qu'ils devraient payer l'outillage.

Nous allions nous excuser de jouir d'un régime de faveur qui nous accorde une baraque pour la nuit, lorsqu'il aborda le sujet.

Le commandant, répondant à des ordres strictes, gardait à part les étrangers, les vrais, comme nous quoi, ou encore les balèzes, musclés comme le colosse de Rhodes (comme nous quoi !).

Ces gens représentant une menace en cas de rébellion, de révolution, d'évasion et toutes ces choses en ion, ne restaient que quelques jours avant de disparaître vers une destination inconnue, pour n'en jamais revenir.

En fait, le téléphone arabe fonctionnant parfaitement bien, tout le monde sait que ces gens sont conduits vers un lieu secret afin d'y être vendus comme esclaves à de puissants dignitaires.

Fort de cette information, nous grattons le sol dans l'attente de futurs événements. Ça ne tarde pas. Des hommes en armes s'approchent, nous intiment de poser nos pioches et s'apprêtent à nous escorter vers le bâtiment du commandant.

Alors que je m'exécute, (ce qui vaut mieux que laisser les autres le faire à ma place) un de ces petits salopards de garde, qui jusqu'alors n'avait pas osé, se croyant protégé par les militaires, me balance à l'improviste un coup de schlague pour me faire accélérer, mais surtout pour satisfaire une envie aussi latente que personnelle.

Je ne m'y attendais pas. Ça fait mal, je grimace, me retourne, me baisse, ramasse ma pioche et chose promise chose due, je lui fais péter la tronche. Il n'en revient pas, n'a pas le temps d'en revenir. Il part en arrière, perd ses dents, perd son sang, perd l'équilibre, perd la raison ; perd connaissance, perd une bonne raison de réaliser qu'il vient de faire une connerie, et pour finir rend l'âme non sans au préalable se coincer la paire en tombant sur son cul.

Je m'attends à recevoir des gnons, mais non ! Les militaires se marrent. L'un d'eux s'approche du garde allongé sur le dos et lui balance par-dessus le marché, un grand coup de rangers dans l'estomac. Je viens de m'en faire des potes.

Tout en remontant la pente, ils se racontent en se gondolant, la scène à laquelle ils viennent d'assister. L'un d'eux me tape sur l'épaule, un autre m'offre une cigarette blonde, longue, fine, vêtue d'un string (excuse, je déraille, c'est l'euphorie) Je l'allume, c'est bon.

Nous approchons de l'entrée du camp. Il y a là un véhicule de transport de troupe, un gros type en short, le commandant et deux mecs armés du dernier modèle de fusil d'assaut lapon dont la balle est reliée par un élastique à la chambre de percussion. Ce qui économise les munitions, puisque tu utilises toujours la même. (Elastique standard que tu trouves chez tous les marchands de slips agréés).

Nous nous arrêtons. Le gros type en short s'approche. Le commandant s'enquiert du fou rire des militaires, ces derniers l'informent de la mésaventure de son garde. Il hésite, puis choisit l'option d'en rire à son tour. Il me serre la louche avec chaleur.

J'apprends que le garde en question est le neveu d'un gros ponte du gouvernement, placé là pour moucharder. Une petite saloperie intouchable, sournoise et hypocrite, détestée de tous. D'ailleurs, sur le chantier c'est la fiesta. Ça chante, ça danse, ça hurle, ça rit, les gardes embrassent les ouvriers, Je distingue un corps qui monte dans l'espace, retombe, remonte, se sépare au niveau de la tête, retombe, remonte, se sépare au niveau de la taille, ne remonte plus.

– *Mais ils vont l'achever ! (C'est tout ce que je trouve à dire et c'est totalement con vu qu'il est mort de ma main).*

– *Ci pas Grrrivv, tô li monde dirrr qui ci toui qui a zigouilli loui !*

Évidemment, vu sous cet angle ! Le gros ne rit pas ; il n'est pas là pour ça. Il nous regarde avec dédain, désigne le véhicule, les gardes nous font signe de nous y installer, je demande.

– *Où allons-nous ?*

Pour toute réponse, nous sommes propulsés dans l'habitacle blindé. Je n'ai que le temps de me rendre compte que le personnel esclave, ayant trouvé le jeu très amusant, est entrain de régler le compte des gardiens et de s'emparer de leurs armes. J'en déduis qu'en fin de compte, il est temps pour nous de mettre les voiles. Je ne saurais trop conseiller au commandant de faire de même. A mon humble avis, il va y avoir pénuries de personnel sur le site.

C'est parti, mais j'ignore vers quoi, vers qui vers où. Nous sommes assis dans l'engin torses-nus. Il y fait une chaleur étouffante. J'ai mon russe face à moi et à côté, un des deux militaires au fusil d'assaut. A l'avant l'autre garde pilote le véhicule. Le gros type se cramponne sur le siège passager, la piste est accidentée, pentue, rapide, dangereuse, nous sommes secoués, tassés, cabossés. Il n'existe que de toutes petites fentes pour voir dehors. Je me dis que le garde serait facile à neutraliser, seulement ignorant tout de notre destination, toute action devient aléatoire.

Imagine que je m'empare de son arme, et après ? Le véhicule n'a pas d'accès entre le poste de pilotage et l'arrière. La serrure est fermée de l'extérieur, sans poignée à l'intérieur. Pour peu que le prochain arrêt soit dans un camp ou une caserne, je serai bien avancé.

Le mieux est de laisser les choses en l'état, de

prendre mon mal en patience, c'est tout. Tiens, on s'arrête ! Les portes s'ouvrent, on nous fait descendre, ouf... de l'air ! Nous sommes autorisés à nous dégourdir les jambes. La montagne est loin derrière. Il coule une petite rivière. Une maigre végétation la borde. Nous pouvons nous rafraîchir.

Comment savoir où nous sommes ? Le désert est là tout autour. Je regarde mon compagnon, lui fait signe qu'on pourrait peut-être tenter quelque chose. Le gros qui me guette du coin de l'œil saisit le message.

– *Je ne vous conseille pas de tenter quoi que ce soit, regardez !*

Il soulève un pan de sa vareuse. Il est armé de deux pistolets automatiques. Ajoutés aux armes des deux militaires, ça fait effectivement un peu beaucoup. Je l'interpelle.

– *Vous parlez français ?*

– *Ça s'entend non ?*

– *Où nous conduisez-vous ?*

– *Au marché aux esclaves de Thapadbôl.*

– *Quoi ? Mais l'esclavage n'existe plus ! Qu'est-ce que c'est que ces conneries ?*

– *Vous verrez qu'il existe encore ! Ici en tous cas. Vous le savez, vous êtes au courant de trop de choses, vous ne pouvez plus quitter le pays !*

– *En ce cas pourquoi ne pas nous éliminer purement et simplement ? Regardez cet endroit, personne ne nous retrouvera !*

C'est mon connard de ruskof qui vient de balancer cette connerie. Non mais ça va pas la tête ? Lancer une idée pareille dans le crâne de ce gros type ici, en plein désert ! A des milliers de Kms du seizième arrondissement !

– *Les morts sont parfois plus bavards que les vivants mais surtout ils travaillent beaucoup moins ! Allez, en voiture.*

Il est pas con lui !

Nous grimpons, les portes se referment. C'est reparti. Nous sommes un peu moins secoués. La piste semble meilleure. Il fait toujours aussi chaud. Je pense à ce qui nous attend. Vendus sur un marché aux esclaves. Vendu comme une vache ou une chèvre, moi, Aubin, enquêtes et filatures, le privé le plus cher de France et de Navarre !

On roule, on roule, c'est interminable. Je suis ankylosé, j'ai chaud, le garde me passe son bidon, merci mec. L'eau est tiède mais ça fait tout de même du bien. Du coup je n'ai plus envie de l'assommer. Si je le fais ce sera tout doucement. Je passe le bidon à mon copain.

On roule encore, encore, nouvel arrêt, nouveau départ et puis enfin c'est fini. Les portes s'ouvrent. Nous sommes dans une cour entourée de constructions en terre battue. (Je pourrais dire que je préfère que ce soit elle, mais je ne vais te la faire à chaque fois !).

– *Allez, descendez, terminus !*

On saute. Une forte odeur de bouffe flotte dans la cour. Nous sommes conduits vers une des entrées, il fait sombre, frais, nous longeons un couloir étroit bas de plafond ou haut de plancher. Nous pénétrons dans une pièce à petites ouvertures. Il y a des coussins jetés sur des tapis, une table basse, c'est rassurant, reposant.

– *Installez-vous, vous allez passer la nuit ici. Vous allez recevoir de quoi vous restaurer, vous laver, vous raser et demain vous serez conduits sur la place où vous serez vendu. Bonne soirée, à demain messieurs.*

Je me dis que demain est encore loin, que je ne suis pas encore vendu, quand effectivement, une délégation féminine pénètre dans la pièce. Je n'y crois pas. Je me pince, pas fort ! Des plats chauds, du mouton, des légumes, de la semoule, des galettes, des pâtisseries, du pinard, oui, oui, tout ça, j'te jure !

On ne mange pas, on s'empiffre, on picole, je n'en peux plus. J'ai un bide de baleine. C'est pas terminé, voilà encore du thé, de l'alcool de figues. Ouf... Je n'en peux plus! La suite arrive ; de l'eau chaude, du savon, des serviettes, des peignoirs. Enfin nous prenons place pour la nuit. Allez, à demain !

– *Debout messieurs, il est l'heure !*

J'émerge. Quoi, où suis-je ? Ah, oui c'est vrai ! Ça recommence. Petit déj, toilette, habillage. A cet effet nous recevons des fringues propres, un pantalon, une chemise, bref de quoi avoir l'air de ce que nous sommes. Des occidentaux en ordre de marche. Le gros débarque.

– *Désolé messieurs, mais il faut y aller ! Je vous prie de me tendre vos mains.*

– *Quoi ? Il n'en est pas question ! Nous vous suivons, mais librement.*

– *Allons messieurs, ne me compliquez pas la tâche. Vous me remerciez bien mal de mon accueil. Ce n'est que pour la durée de la vente, après vous serez libres. (Fais pas attention, c'est un comique !).*

Nous tendons les mains, nous le suivons. C'est un drôle de bled. Des rues étroites, des constructions de terre, des gosses aux pieds nus qui courent à côté, des croisements, d'autres groupes, des hommes, des femmes, attachés comme nous, une place, ça grouille, des tentes, beaucoup de monde.

Nous sommes tenus à part. Ça arrive. Voilà des acquéreurs. Brusquement je ressens une vive douleur à la cheville (ouvrière évidemment) Un gamin teigneux vient de me balancer un coup de tatane. Je rêve que d'un shoot au cul je le place sur orbite. Un autre arrive, animé de mauvaises intentions. Le gros lui balance une mandale qui l'expédie sur le derche. Il se relève et s'éloigne en proférant des jurons. Mal élevés, les gamins ici !

Une grosse matrone me dévisage, s'approche, me tire les tifs, m'écarquille les yeux, me fourrage dans le pif, compte mes dents, s'aperçoit qu'il m'en manque une, demande un rabais, me palpe les bras, les épaules, le ventre, les cuisses, les mollets, part l'air dégoûté, une autre arrive, recommence, une autre encore, assez, arrêtez ça chatouille, arrêtez !

Ça s'arrête effectivement. Un grand gaillard à la tronche enfouie sous un capuchon a fait dégager les rombières. Il m'ausculte, me manipule, appuie, tire, roule, enfonce, écarte, s'arrête pile au moment où excédé je m'apprête à lui balancer mon genoux dans les burnes. Il se dirige vers mon copain et recommence son numéro. Enfin il secoue la tête. Marché conclu. Nous sommes vendus ! Tu y crois toi à une histoire pareille ?

Le gros discute avec notre acheteur. Il lui demande s'il veut souscrire une garantie décennale, une assurance vie, l'assure du sérieux du service après-vente, lui fait signer le bon de livraison, lui assure que la révision a été faite avant la vente, demande si c'est pour offrir, s'il veut un emballage cadeau, si c'est pour l'exportation, s'il ne veut pas un ou deux noirs en prime.

L'autre refuse tout en vrac. Il ne veut que nous, tout de suite et sans délais. Il casque. Hélas, la tractation se fait derrière. Merde alors ! Pour une fois que j'ai l'occasion de connaître ma valeur marchande, c'est rageant ! Les deux hommes se serrent la pogne. On nous entrave les pieds, on nous attache l'un à l'autre, on me pose un collier, on me met une laisse et en route.

La cavalcade des gamins continue. Ils courent, nous frôlent, tentent de nous pincer, prennent quelques baffes, un clebs mord le talon de mon pote. Notre acheteur lui savate le cul si fort que le cador décolle sur plus de onze mètres. Nous sortons enfin de la cité.

Un véhicule nous attend. Alors là !!! Mon avertissement du début prend toute sa valeur ! Tu ne vas jamais le croire et pourtant ! Une Rolls vingt-quatre carats brille sous le soleil ! L'acheteur soulève son capuchon. Hann Hykordy en chair et en os ! J'en chialerais. Je n'y crois pas. On se congratule, on se dit qu'on est heureux de se revoir, surtout pour nous.

On rit, putain de bordel, on l'a échappé belle. C'est la providence. Sans lui à l'heure qu'il est, je serai promu gardien de chèvres, homme de ménage ou encore homme de joie dans le harem d'une acheteuse. Bref, on est content.

Nous sommes libérés de nos liens et invités à prendre place dans le carrosse de monsieur l'ex-ministre, Nous prenons place sur le cuir blanc de la banquette arrière.

Comment te dire ? Déjà quand tu pénètres dedans tu es saisi par la clim. Dans la fraîcheur des lieux, tu découvres outre le cuir blanc neige à passe-poil d'or, un tableau de bord en acajou massif du lagon de Kelbopoisskaill (à gauche en sortant des toilettes), un bar entièrement garni (environ mille cinq cents bouteilles), un billard américain, une salle de bain avec jacuzzi, un téléphone arabe, des toilettes turcs, un chien pékinois, du cuir de Cordoue, des cigarettes américaines, des tapis d'orient, une banque suisse, des bêtises de cambrai, un klaxon italien à l'accent québécois et je m'arrête là car je sens que tu ne me crois plus.

Ose me dire que tu as déjà vécu une aventure pareille ? Moi non ! Et comme c'est à moi qu'elle arrive, j'aimerai bien qu'elle se termine au mieux, car je voudrais tout de même revoir la France avant de mourir. Ah, la France ! Ses plages, ses vignobles, sa campagne, ses stations de sports d'hiver, ses châteaux de la Loire, sa bouffe, ses itinéraires verts, son Mont-blanc, son tour de France cycliste, ses routes des vins, sa gendarmerie nationale (mais qu'est-ce que je raconte-moi ?). Fais pas attention, c'est l'émotion.

Chapitre 9

A partir de là, moi j'ai besoin de piger. Parce que voilà un mec que nous quittons il y a cinq jours sur les contreforts des montagnes, qui part à pinces pour rejoindre la capitale afin d'y tenter un coup d'état et qui me rachète aujourd'hui au marché aux esclaves de je ne sais quel bled paumé au fin fond du pays !

– *Bon, dis donc, si tu expliquais un peu ce que tu fais par ici ?*

– *Et bien ne pouvant pas compte tenu des risques, utiliser la radio ni le portable vu qu'il n'y a aucun relais, nous avons rejoint à marche forcée la grande route du sud qui rallie la capitale en passant par la ville de Kelbokarphour. Nous avons réquisitionné un véhicule de dentistes sans frontière qui remontait vers le nord avec une caisse de mâchoires en mousse expansive. J'ai d'ailleurs pu ainsi me faire soigner une carie qui me faisait souffrir depuis l'âge de six mois et qui commençait à s'infecter car je n'avais plus de Nykthakary qui comme tu le sais est le seul médicament vraiment efficace.*

Après que le dentiste m'eut soigné, nous l'avons ficelé et abandonné sur une piste désaffectée où passent une fois l'an, les mecs qui se sont paumés pendant le Dakar. Quelques heures plus tard, nous étions aux portes de la capitale. Nous nous sommes engagés sur le pérhiphérik à hauteur de la porte de Klygnankhour. De là nous avons pris la direction de Malhakoff.

Nous avons fait un arrêt à Bharrbhess où un copain à moi tien une agence de mannequins pour défilés privés à Tanger, si tu veux, je te ferais inviter, avant de plonger sur Khonkhordhe où comme tu dois le savoir, se trouve le troisième obélisque de Louxor, offert à notre roi Henpaphé premier par Ramsès lui-même en remerciement de l'aide que nos Mousskethères lui avaient apporté dans l'affaire du collier de Néfertari.

Puis nous avons pris la direction de Byrh-Hakeim où se trouve une rue à droite qui nous a permis de faire demi-tour. Tout ce détour pour semer un éventuel suiveur, ce qui remarque bien m'aurait étonné vu que j'avais pris la précaution de me grimer en infirmière de dentiste sans frontière portugaise (à cause de ma barbe) ce qui a d'ailleurs failli tout faire capoter car figure toi que nous nous sommes ensablés sur le chantier de construction du centre Horthophonyst, où fort heureusement il n'y avait personne.

Une portugaise ensablée aurait attiré l'attention et nous ne l'entendions pas de cette oreille. Quoi ? Après quoi ! Je rigole ! Ayant acquis la certitude de ne pas être suivis, vous me suivez ? Nous sommes allés sur le parvis de la Khathédrall Nothre Shadhamm qui se trouve être tout près de chez moi.

J'ai pu m'introduire dans mon appartement grâce à une porte dérobée (je saurais un jour par qui et ça va chier) ce qui bien évidemment me donnait un accès direct au ministère des affaires étrangères grâce au tunnel que j'ai eu la bonne idée de faire percer pendant mon ministère. J'arpentais les mille deux cents mètres carrés de mon ancien bureau occupé présentement par mon successeur.

Hélas comme j'aurais dû m'y attendre, plus rien de ce qui m'appartenait ne s'y trouvait encore. Fort heureusement en revanche, le personnel est resté le même. Je tombais donc nez à nez avec mon ex-majordome qui fondit en larmes tant l'émotion fut grande. Il m'annonça que mon poste avait été confié à l'ancien ministre de la santé monsieur Sithabhobho Takattsouagné, qui permets-moi cette vulgarité est un sacré lèche-cul, un mouchard, un petit rapporteur, une sale petite frappe qui passe le plus clair de son temps à dénoncer les copains.

Tu as d'ailleurs joué au boucher avec son cousin

quand tu étais prisonnier à la mine. Tu vois tout se sait. Je peux te garantir que sitôt que j'aurais pris le pouvoir, ce mec-là va passer un sale quart d'heure !

Je lui ferai couper la langue, couper la tête, la parole, le gaz, la retraite, l'herbe sous le pied, les cartes, le feu, les cheveux en quatre, les burnes, avant de le faire exécuter en public. Bon, je me calme !

Mon ex-majordome, Hall Kally (c'est son nom) me prêta un costume de mon très momentanément successeur, ainsi que les clés du garage. Il me proposa de me servir de chauffeur pour circuler dans la capitale. C'est donc déguisé en ministre que je pus me rendre au palais sans attirer l'attention.

J'eus ainsi le loisir de constater l'important déploiement de forces de sécurité entourant la résidence de la reine. Cette pouffiasse avait les chocottes. Elle se doutait que tapis dans l'ombre, je lui préparais un coup tordu (ce que je lui ai fait d'ailleurs) mais ne brûlons pas les étapes.

Nous arrivâmes donc dans la cour du palais, Hall Kally m'ouvrit la portière, je descendis, les gardes me saluèrent, s'empressèrent de me précéder sur les marches du perron, me confièrent aux bons soins de l'huissier qui me guida vers le bureau du chef de cabinet de la très momentanément reine, lorsque j'entendis une altercation.

Hall Kally voulant m'accompagner était aux prises avec un garde qui le refoulait vers la voiture. J'ai dû intervenir rapidement avant que mon chauffeur ne se fasse massacrer. L'incident étant clos, Hall Kally sur mes talons, l'huissier nous introduisit dans le salon d'attente du chef de cabinet.

Tu vas dire que je me vante, mais je n'éprouvais aucune crainte. Je savais pourtant ce qui m'attendais si j'étais reconnu et con fondu, Excuse-moi, je veux dire confondu. Après quelques minutes, l'huissier vint m'informer que n'ayant pas au préalable demandé audience, la reine se trouvait présentement aux toilettes sous la surveillance du chef de cabinet.

C'est alors que je sautais sur l'occasion. J'ordonnais à Hall Kally de faire le pet (si j'ose dire) gagnait le couloir débouchais sur une cour intérieure, grimpais le long de la gouttière pour atteindre le fenestron des toilettes royales, jetais un œil à l'intérieur, vis la reine assise sur la cuvette et de ce fait me tournait le dos, la saisit par le cou et lui tordit avec une jubilation plus grande encore que je ne l'avais imaginée.

Elle rendit son dernier prout avant de s'effondrer sur le carrelage. Je me glissais dans les lieux, mis trois coups de pompes dans la gueule de cette salope, lui enfonçais la tronche dans la cuvette et tirais la chasse avant de sortir.

Le chef de cabinet eut une seconde de

stupéfaction en me voyant surgir avant de réaliser. Je mis cette seconde à mon profit, y a pas de petits bénefs, pour le neutraliser, le pousser dans les chiottes, le passer par la fenêtre et gagner le bureau de l'ex-reine. Hall Kally ayant anticipé mon action, m'y attendait déjà. J'en fis immédiatement mon chef de cabinet et lui intimais l'ordre de prendre illico ses fonctions.

En moins d'une heure, la nouvelle de cette prise de pouvoirs fit le tour du palais. Trop heureux d'être débarrassés de leur dictateur en jupons, l'ensemble des corps constitués faisait le pied de grue (corps aux pieds donc) dans l'antichambre. J'expédiais Hall Kally à la maison de la radio afin d'y préparer mon allocution télévisée tandis que le défilé des salutations commençait.

Je reçus en premier le chef des armées, le général Hallatak, l'informais qu'il était maintenu dans ses fonctions, au moins jusqu'à la formation du nouveau gouvernement. Puis ce fut le tour de ce dernier.

Les uns après les autres je reçus les ministres, les expédiais au général qui les expédiait au paradis des ministres. Lorsque j'eus de-constitué les corps du même nom, c'est à dire dissous le gouvernement, je fêtais l'événement avec Hallatak en lui offrant une coupe de champagne empoisonné. Suite à cette démission brutale à laquelle je ne m'attendais pas, je t'ai réservé le poste de ministre de la police d'état.

– Je te remercie infiniment pour cette attention qui me touche, mais hélas, ma concierge m'attend à Paris pour me remettre mon courrier.

– Comme tu voudras, mais je te conserve le poste, on ne sait jamais, si un jour tu changes d'avis ? Bon, je continue. Me voici donc aux commandes du pays. Je nomme des ministres, je dissous l'assemblée nationale, le sénat, je rétrograde les officiers au rang de deuxième classe, je fais emprisonner la noblesse, limoger les grands patrons, incarcérer les officiers ministériels tous corrompus de toutes façons, j'expédie la jeunesse à l'école à coups de lattes dans le cul, je dirige les plus cancres vers l'administration, tu vas me rétorquer que là je ne fais rien d'original, mais faut savoir garder certaines traditions.

Je place mes copains aux principaux postes, je les fais surveiller par mes amis, mes amis par la police, (dont j'insiste, j'aimerais que tu t'occupes) et la police par mon chien. Lorsque j'ai accompli dans l'urgence ces quelques formalités impératives, je me rends en métro, faut savoir rester simple, à la maison de la radio où comme je te l'ai dit, m'attendais Hall Kally, avec entre les mains le discours qu'en tant que chef de cabinet il avait préparé pour moi à l'attention de la nation et dont je te livre les grandes lignes car en réalité il a duré près de cinq heures et j'ai peur que tu te lasses.

Mes chers Cons Citoyens !

Comme vous venez sans doute de l'apprendre par la voix du téléphone arabe qui reste encore le mieux informé, votre reine, notre chère et bien aimée reine, nous a quittés brutalement à la fleur de l'âge suite à une courte agonie aussi soudaine que souhaitée, ainsi que la plupart des membres éminents de notre administration civile et militaire.

Je ne sais à quoi attribuer cette soudaine et irrésistible épidémie de suicides, peut être un coup de Donald Trump ou de l'armée du salut public commandée par Rhob Hespièrhe... ? Toujours est-il que me trouvant là par un hasard aussi improbable qu'extraordinaire, n'écoutant que ma conscience, je pris immédiatement les rênes du pouvoir ainsi que les mesures d'urgence qui s'imposaient, ce dont je me félicite, me congratule, me décore etc... etc...

Je vous informe donc des décisions prises à la majorité des voix, la mienne et celle d'un copain français présentement en déplacement dans le sud. Compte tenu du nombre incalculable de suicide, et autres accidents de la vie courante, et vu que ça ne tardera pas à chlinguer vilain à cause de la chaleur, il n'y aura pas d'obsèques nationales.

Les corps seront dissous dans l'acide, puis transportés à bord de containers afin d'être coulés au large des côtes françaises en même temps que les pétroliers.

Compte tenu du grand nombre de chômeurs branleurs faignasses etc...! Je crée aujourd'hui même une armée de métier qui présentera l'avantage d'occuper nos malheureux citoyens condamnés jusqu'à ce jour à encombrer les salles d'attente des A.N.P.E. locales. Les chômeurs de plus de quarante-huit heures, ayant au moins refusé deux offres d'emplois, seront donc dirigés vers la troupe pour une durée qui sera fonction de celle des campagnes de pacification que nous allons entreprendre sur les pays limitrophes.

Sauf peut-être la Russie quoi que... faut voir ! J'attends à ce sujet des infos des états unis, relatives à la puissance réelle de l'armement russe.

Si c'est ce que je crois, on pourra y aller. A garder sous le coude !

A partir de tout de suite, j'interdis les réunions de plus d'une personne, j'exige une tenue correcte et soignée d'une couleur uniforme (à définir) des cheveux courts, des pompes cirées, tout contrevenant s'exposera à un châtiment dont je ne doute pas de l'efficacité.

Je lance une vaste campagne en faveur des

transports en commun qui doit nous amener dans les heures à venir, au retrait du permis de conduire pour la classe ouvrière qui n'en aura plus l'utilité d'une part et d'autre part contribuera à aérer la circulation sur les grands axes, surtout aux périodes de grands départs (week-ends, vacances, jours fériés et autres).

Je supprime puisque le sujet est abordé, les congés payés, sauf pour les membres du gouvernement et leurs proches. Je supprime d'ailleurs les congés vu que de toute façon sans fric, vous ne pourrez plus partir.

En revanche, j'autorise la bicyclette, vu que j'interdis les motos et cyclomoteurs, trop bruyants et dangereux. Je réserve tout de même la moto pour les forces de police et gendarmerie. Je dissous par contre les services de douane donc les douaniers pour cause que les frontières doivent être ouvertes à l'exportation du sulfate et à l'entrée des capitaux.

Je convertis donc les fonctionnaires des douanes à la fonction de GO au sein de groupes de scouts ce qui laissera le prestige de l'uniforme, aux nostalgiques.

Je relance l'économie en doublant le prix du kilo de sulfate, en laissant libre son exportation qui devra cependant être contrôlée par un copain Russe, lui-même copain d'un copain à moi, un Français dont je crois vous avoir déjà parlé.

J'ouvre une chaîne nationale de blanchisseries dont je vous livre immédiatement la raison sociale (Phlouznickel) ainsi que le slogan à apprendre par cœur (avec Phlouznickel ma vie sera belle). Je sais c'est con mais j'ai pas trouvé mieux. Si t'as une idée ?

Je relance l'industrie automobile ... Ah, on m'annonce que nous n'en avons pas ! Bon, ben l'aviation alors ? Ah ... On n'en a pas non plus ! Et la marine ? Non plus ! Putain mais je suis ou bordel ! Faut que je cherche un passeur pour migrer vers la France via l'Espagne ??? Il paraît que la seule usine sur notre territoire est une usine de traitements de déchets nucléaires européens. Bon, et bien augmentons la production des déchets ! Quoi ? On les traite, on ne les produits pas ?

Alors maintenant vous commencez à me pomper l'air sérieusement ! On fait ce que je dis, ce que je veux, on me fais pas chier, on m'oublie, on me lâche les baskets, on coupe ce putain de micro, on coupe les caméras, la parole aux téléspectateurs, moi je retourne au palais.

Il faut que je m'installe, que je taille mes crayons, que je donne un petit coup de balai, que je fasse les vitres, que j'allume le feu, que j'invente un nouveau drapeau, symbole de la démocratie que j'installe dans le pays, que je fasse dresser une statue de la liberté si haute qu'elle fera un doigt d'honneur à celle de New-York et que sa flamme foutra le feu à la lune.

Je dois créer des associations humanitaires dont je serai président, que je soumette la candidature du Glankistan au comité olympique, que je fasse construire des stades pour la coupe du monde de foot, que j'écrive à Roland Garros pour qu'il m'adresse les plans de ses cours de tennis, à Gustave Eiffel pour ceux de sa tour, à Le nôtre pour ses jardins, à la comète pour que je les tire, bref, vous voyez, j'ai du boulot !

Me voici donc de retour au palais. Je m'arrête chez le concierge pour retirer mon courrier, je lui demande de faire rapatrier ma Rolls que j'ai laissée en Grosmanie, je m'inquiète des dernières nouvelles en jetant un œil sur un journal qui traîne, le Glankistanais libéré, (pas pour longtemps fais-moi confiance !) par lequel j'apprends que les exploitations minières se sont révoltées.

Te sachant dans le coin, je m'informe de la situation, on me dit que tu as foutu le bordel, que tu vas être vendu au supermarché aux esclaves de Thakabosségrathos, que la vente est imminente, que je n'ai que le temps d'y faire un saut, ce que je fais toutes affaires cessantes, non sans avoir pris soin au préalable de laisser la gérance à Hall Kally en qui j'ai toute confiance, le temps de mon absence.

Je suis donc arrivé hier, j'ai planqué la Rolls, elle aurait fait monter les prix, je me suis déguisé en acheteur, tu imagines si je m'étais fait connaître ! Le Roi qui achète des esclaves européens, j'étais foutu, plus crédible du tout, et puis ce matin voilà, je vous achète tous les deux.

– *Et c'est quoi le programme ?*

– *On retourne au palais, on se fait une bouffe, vous prenez quelques jours de vacances, et après vous verrez bien !*

La route est longue, merdique, je m'enfonce dans les coussins, je n'ai qu'une hâte, rejoindre la capitale, me reposer vingt-quatre heures avant de gagner Paris, car je t'assure que l'aventure Glankistanaise, j'en ai ras la frange !

Je commence à piquer du nez lorsque nous sommes survolés par un avion de l'armée de l'air, un Konkordhe renifleur, et crois-moi, ce qui lui pend sous le bide, c'est pas un kleenex ! Je ne sais pas pourquoi, mais j'ai la certitude immédiate que ce zinc n'est pas là pour nous escorter. Il passe, repasse, s'éloigne, disparaît, puis revient en piqué sur notre véhicule.

D'un commun accord, nous évacuons les lieux. Je fais un roulé boulé digne du livre des records, bondit sur mes pieds, les mets l'un devant l'autre avec une rapidité qui m'étonnerait moi même si j'en avais le temps. J'ai à peine parcouru douze mille mètres qu'une explosion que je qualifierais d'énorme, me propulse la tronche sur la caillasse.

Personne, pas même Colombo, ne peut savoir qu'il y avait une bagnole à cet endroit. Il ne reste qu'un cratère béant, calciné, qui se rebouche peu à peu lorsque retombent les pierres. Je constate que chacun d'entre nous est en bonne santé, qu'il ne nous manque rien, alors nous nous regardons avec la tête d'un basset qui vient de se faire piquer son os.

– *Et maintenant, votre gracieuse majesté, que faisons-nous ?*

– *Putain, l'enfoiré ! Je sais pas ce qui lui a pris à ce porc puant, mais j'en aurai le cœur net ! Nous allons marcher sur la capitale. Kashmouasah n'est pas à plus de dix jours à pinces.*

– *Et la flotte et la bouffe ?*

– *Nous boirons l'eau des cactus et boufferons des insectes. A la guerre comme à la guerre !*

Ce qui m'épate avec Hann, c'est qu'il ne se démonte jamais (heureusement, car je serais bien emmerdé pour le remonter !).

Nous nous mettons en route illico. Un bruit familier attire notre attention. L'avion est de retour. Le désert crépite d'impacts. Nous courons comme des lièvres. L'avion s'éloigne, il revient, il est évident qu'il en veut à notre santé.

Il arrive en rase mottes et tac tac tac, il canarde. Voilà un gugus qui commence à me courir sur la prostate. Une idée qui vaut ce qu'elle vaut m'illumine l'esprit. Je baisse mon pantalon, retire l'élastique de mon slip, le fixe entre mon pouce et mon index, choisis un joli petit caillou, m'allonge sur le dos, le zinc est sur nous.

Il passe à cinq mètres au-dessus de ma tête, je pivote, vise le réacteur et tire. D'abord il ne se passe rien, à part que j'ai l'impression d'être passé au four à mille huit cents degrés, puis tandis que l'avion reprend de l'altitude, une petite fumée s'échappe par l'arrière.

Je l'ai eu ! Il descend, descend, descend encore, se pose sur le sol caillouteux, s'immobilise.

Il est à moins de deux bornes. Je remonte mon falzar, nous piquons un sprint dans sa direction. Le pilote tente de s'extirper, s'empêtre un peu dans sa ceinture de sécurité, saute du cockpit et se tire. Hann dégaine son pétard, vise et pan ..! Le mec s'étale. Nous sommes sur lui. Il est touché aux reins.

Il ne va pas tarder à s'envoler sans son avion. Il faut qu'il parle et vite. Tandis que mon russe jette du sable dans le réacteur, Hann cramponne le mourant par le col de sa combinaison, et lui triture la blessure de l'autre main. Le mec gueule à se péter les cordes vocales.

– *Tu n'as que deux secondes pour accoucher. Après j'enfonce des cailloux dans la plaie. Qu'est-ce que c'est que ce foutoir ?*

Le mec parle, il s'en fout, il va crever, il le sait.

– *C'est Hall Kally, il se trouve bien à ta place, il a vidé les caisses de l'état dans la poche des militaires, il veut se débarrasser de toi !*

Le pilote se tait. Il est mort. Le roi explose.

– *Ah les fumiers ! Oh, l'enfoiré ! Oh, le fils de pute ! Un mec que j'ai sorti de son propre trou du cul, que j'ai porté aux plus hautes fonctions, un ramasseur de merdes de chameaux, un cireur de pompes, me faire ça à moi son bienfaiteur, moi qui ne l'aurais certainement pas limogé avant huit jours, (après je lui devrais des indemnités).*

Ah, mais là, ça va pas se passer comme ça ! Je vais te le sortir du palais par la peau des roustons, le conduire par le fion jusqu'à la prison avant de lui accorder un procès équitable où il sera jugé coupable par des magistrats indépendants, condamné à mort par un jury impartial et exécuté séance tenante en public. Oh le rat ! Oh le rat !

Je laisse le roi vider sa hargne. Nous revenons sur l'avion. Mon pote a réussi à endiguer l'incendie. Il farfouille dans le réacteur.

– *Qu'est-ce que tu fous ?*

– *Je crois que c'est rien. Ton caillou a perforé la membrane du modulateur de cabotage avant de coincer le variateur de pompe d'alternance.*

– *Tu peux réparer ?*

– *Je pense que oui. Démerde-toi pour me procurer une membrane. Fouille, il, faut un truc fin, genre grillage de garde-manger, tu vois ?*

Je vois tout à fait, sauf que trouver un garde-manger ici relève des exploits de Jésus Christ. ! Je cherche, je fouille, grimpe dans l'appareil, je trouve. Ce modèle est équipé d'une cafetière Moolynex intégrée. Je pique le filtre.

– *Ça te va ?*

– *Au poil ! T'as de la colle ?*

– *Mais oui bien sûr ! Qu'est-ce que tu veux comme colle ? En pot d'un kilo, en tube, en bâtons ? A papier, à bois, ?*

– *Excuse-moi, j'étais absorbé par mon boulot. Bon, passe-moi l'élastique de ton slip.*

– *T'en as de bonnes toi, je l'ai jeté !*

– *Trouve -le ! Sans lui, on reste là !*

Je cherche, encore une fois je trouve. Des fois, on a du bol.

– *Bon, ben, on va faire un essai !*

Mon Russe s'installe aux commandes. Je l'interpelle.

– *Tu connais cet appareil ?*

– *Tous les pilotes russes connaissent cet appareil. C'est une fabrication américaine pour l'exportation. Nos services d'espionnage ont fait merveille comme d'habitude. Avant même sa commercialisation, tu pouvais le construire toi même dans ton garage grâce à notre revue (Faites le vous-même) numéro six mille deux cent quatorze de janvier, page seize et dix-sept, peut être dix-huit, mais c'est à confirmer.*

– *Et comment on fait pour monter à trois ?*

– *Tu prendras le roi sur tes genoux. Allez grimpez, on y va !*

Je m'installe, sa majesté aussi, ça tousse un peu, ça démarre. Mon Russe pousse les gaz. J'ai le cerveau qui se barre par les oreilles. Je suis plaqué contre mon siège. Je prends la tête du roi en pleine poire. Mon visage se déforme, je suis plat comme un raie, j'ai la raie de travers, la raie du cul qui fait gouttière, je suis inondé de sueurs froides. Le roi qui m'écrase de tout son poids qui se trouve décuplé, que dis-je, milluplé, me dégueule dessus.

Nous montons à la verticale, allo la terre ? Nous croisons des météorites, évitons un satellite, frôlons la station Mire, effectuons cinq tours du monde avant de piquer vers le sol.

– *J'ai peut-être un peu trop accéléré non ? A moins que j'aie laissé un peu trop d'avance à l'allumage ! Ça m'est arrivé une fois sur la bagnole de mon beau-frère, celui qui est marié avec ma plus jeune sœur. Tu connais ?*

Non, je ne connais pas ! Je ne connais plus personne. Je perds connaissance. C'est la deuxième fois que je fais de l'avion avec lui, mais sûr, c'est la dernière ! Le sol arrive, virage sur l'aile, accélération.

– *C'est bon, je l'ai bien en main, j'en fais ce que je veux, regardez !*

Verticales, piqués, loopings, démarrages en

côtes, créneaux, dérapages, tonneaux, tout ! Il nous fait tout ! Le roi et moi sommes de couleur verte, avons des oculaires exorbités, des yeux de crapauds, des épaules de serpent, une voix de rouge gorge à force de gueuler et une grande envie de descendre avant l'arrêt complet.

– *Hé les mecs, voilà Kashmouasah ! On survole ?*

– *Non seulement tu survoles, mais tu canardes, tu pulvérises, vises le palais, la cent trente neuvième fenêtre en partant de la gauche ou la première en partant de la droite au troisième étage. C'est le bureau.*

– *OK, c'est parti !*

C'est marrant mais je m'habitue, je trouve même ça drôle. On passe une fois, on repasse, boum le bâtiment est pulvérisé ! Un truc étrange m'interpelle. Ça pète de partout, même quand on ne tire plus.

Merde, ce sont d'autres chasseurs qui nous canardent. Ils nous manquent, tirent n'importe où, n'importe comment, rasent la ville. En bas, t'as plus rien ! Des ruines et de la fumée. C'est tout.

Khasmouasah est rasée. Faute de munitions, les chasseurs se retirent, faute de carburant, notre avion choisi le silence. On se pose sur un champ (de ruines bien sûr) on s'arrête, terminé, tout le monde descend. Notre roi serre notre pilote sur son cœur.

– *Bravo petit, tu leur en as foutu plein la gueule. Ils savent maintenant qui est le patron, bordel de merde ! Bon, ben, c'est pas le tout que des choux, maintenant il va falloir balayer tout ça. Tu as foutu un drôle de merdier.*

Le roi se tourne vers moi.

– *Il est bien ton copain, dommage qu'il soit russe, mais tout le monde peut pas être parfait. Si vous voulez, je vous garde tous les deux. Lui comme pilote privé, toi comme chef de la police.*

Merde, il a de la suite dans les idées le roi. Moi, tout ce que je veux, c'est revoir Paris. C'est peu de chose tout de même ! Des bruits de moteurs, je tourne la tête : des véhicules militaires partout, tout plein de véhicules militaires. J'en ai marre, je pose mon cul par terre. J'ose plus te dire pour la combien-t'ième fois, je lève les bras vers le ciel, imité par mes compagnons.

Chapitre 10

Je ne pense pas m'avancer beaucoup en disant que tu ne connais pas la prison de Kashmouasah. Du moins ce qu'il en reste. Car comme tu le sais déjà, une bonne partie de la ville est détruite.

Donc comme je te le dis, c'est une prison que je ne te recommanderais en aucun cas. C'est une succession de niveaux sous terrains auxquels tu accèdes par une succession d'escaliers. Ça pue l'humidité, le cadavre, c'est sombre, le sol est en terre battue, il y a un gibet par niveau avec des bouts de bidoche qui pendent, de longs couloirs agrémentés de multiples portes basses à cause de la hauteur sous plafond, deux gardes croupissent à chaque niveau, des rats de vingt kilos nous passent entre les jambes, si tu préfères, c'est pas le genre d'endroit où tu rêves de passer tes vacances.

Mais comme on ne nous a pas demandé notre avis, il faut faire contre mauvaise fortune bon cœur, fermer notre gueule et suivre.

Si tu connais un mec qui a plus d'emmerdes que moi, file-moi son adresse que je lui écrive.

Au vingt et unième sous-sol, nous sommes invités à coups de lattes à pénétrer dans notre studio. A la faveur de la faible lumière du couloir, on distingue une forme humaine, assise sur le sol. J'ai juste le temps de reconnaître le visage de l'officier commandant le camp des travailleurs de la mine.

Lui aussi nous reconnaît et malgré sa faiblesse, il me bille dessus en vociférant des paroles que je n'ai pas besoin de comprendre. Je m'écarte en lui tirant un shoot qui l'expulse hors de la cellule. Au passage le garde le cueille d'un bourre pif qui le réexpédie dans son logement. Voilà qui le calme pour un moment.

La porte se referme. Nous sommes dans le noir absolu. Cette fois, je me dis que les carottes sont cuites. En parlant de carottes, ça me fait penser que j'ai la dalle. Il vaut mieux penser à autre chose, car je sais pas ce que tu en penses mais perso, je doute qu'on bouffe à heures fixes. Je doute même carrément qu'on bouffe.

– *Dis donc ta majesté ! Qu'est-ce que ça te fait de partager le sort de ceux que tu as expédiés ici ?*

– *Je trouve qu'il y a encore beaucoup trop de*

confort. Je vais faire rabaisser les plafonds, remonter les sols, ajouter de l'humidité, remettre des rats, des araignées, des punaises, des tics, des cobras, des cafards, supprimer la lumière dans les couloirs, jeter du fumier de porcs sur la paille des couchettes, ne plus changer les draps ni les taies d'oreillers.

Et c'est pas fini ! Les steaks seront trop cuits, les frites trop courtes, le café froid, le pain rassit, le vin ordinaire, les croissants sans beurre, le lait tourné, les pâtisseries périmées, je vais également faire boucher les toilettes, mettre de l'eau bouillante pour les douches, j'ai bien fait de passer par ici, j'étais décidément trop bon, trop con !

– *Et comment comptes-tu sortir pauvre pomme ! Tu as la clé de l'ascenseur ?*

– *Je suis le roi, le seul, l'unique, l'authentique, j'ai tous les droits, même celui de sortir d'ici si je veux. D'ailleurs, jugez de ma puissance !*

Hann Hykordy se met à frapper contre la porte à coups de pieds, de poings, de tête, il hurle, injurie, ordonne, supplie, somme, dit qu'il est le roi, que ça va chier, que des têtes vont tomber. Ça dure depuis une dizaine de minutes quand la porte s'ouvre enfin !

– *Ah, tout de même ! Donnez-moi vos noms*

sales bougnoules, que je vous fasse écarteler entre deux Rolls en or !

Ce qu'ils donnent au roi, c'est une dérouillée qui le décape de fond en combles. Ils sont trois à lui filer une raclée monumentale. Ils vont le massacrer. Je me dis que si nous n'intervenons pas, ils vont le tuer. Je regarde mon pote, il me regarde, on se comprend. D'un mouvement de cils, nous signons une alliance. On fonce.

Je vise entre les jambes du premier gardien penché sur le roi. Je me concentre, et paf ! Je lui explose le sac à semence.

Là je l'ai pas loupé. La pointe de ma godasse lui a défoncé la malle arrière, il demande à mourir, il souffre trop. Mon pote aux prises avec les deux autres reçoit des coups de matraques sur le crâne, les épaules, le dos, je ramasse la matraque de celui que je viens de terrasser et paf ! Je frappe avec une rage incontrôlée. Je doute que l'aspirine suffise à calmer ses maux de tête.

Quant à l'autre, nous sommes trois sur lui. Figure-toi que l'ex commandant de la mine a pris le train en marche. Il chope le garde par les deux oreilles et lui décalque la gueule sur le mur. Ils sont hors d'état, le roi aussi. Je me penche.

– *Ohé, majesté ! Réveille-toi, c'est le moment de calter. Allez quoi merde, debout !*

Putain, mal en point la majesté ! Bon, faut l'aider. Mon Russe s'en charge. Il charge le roi sur ses épaules, se dirige vers la sortie, pète involontairement la tempe du roi contre le chambranle. Nous voici dans le couloir. Il me vient immédiatement une idée. J'ouvre les portes des cellules. Je demande poliment à ces messieurs, s'ils veulent bien se donner la peine de sortir.

D'abord, ils ne bougent pas, au contraire ils se blottissent dans les coins. L'habitude de prendre des gnons sans doute quand la porte s'ouvre. Enfin ça bouge, un se lève, un autre, ils marchent vers la sortie. Ils sont dans des états, je te dis pas ! Chevelus, barbus, édentés, plus maigres que le squelette de Lucie. Et puis ils comprennent.

Ils se jettent sur les gardes effondrés et commencent à les mordre à pleines dents. Je n'en crois pas mes yeux ! Les gardes sont dévorés tout crus. En moins de temps qu'il ne t'en faut pour froisser ta déclaration d'impôts et la foutre dans la cuvette des chiottes, les os sont nettoyés. Tu peux les expédier en faculté de médecine.

A chaque étage, c'est le même scénario. Les gardiens sont submergés, assommés, bouffés.

Parvenus à l'air libre, nous somme au moins deux mille dans la cour. Il n'y a plus un seul garde. Ceux qui ne sont pas dans le bide des prisonniers se sont carapatés sans demander leurs restes (si j'ose dire !).

Au milieu de cette bande de zombis, notre roi refait surface. Du moins il essaie, car il a les gobilles tuméfiées. Il a du mal à comprendre ce qui se passe. Il comprend pourtant et se redresse.

– *Pose-moi, pose-moi !*

Ah, mes enfants, mes chéris, mon peuple ! Comme je vous aime, comme vous êtes beaux, je suis votre roi, c'est moi qui ai tordu le cou à votre sale putain de reine de mes deux. Oui moi ! Avec les mains que voici. Embrassez les mes frères, embrassez-les, Alléluia ! Alléluia !

Je suis votre Moïse, votre Noé, votre Messie, votre rédempteur, suivez-moi, marchons ensemble vers des lendemains qui chantent, allons enfants de la patrie, le jour de gloire est arrivé, marchons sur la bastille, détruisons là !

– *Heu... Majesté, sauf votre respect, cela a été fait depuis longtemps !*

– *Ah, bon ! Et bien dans ce cas marchons sur Versailles ; coupons la tête du roi, brûlons le château ! Tringlons les mousquetaires !*

Merde, il déraille complètement. Les coups qu'il a pris sur le crâne l'ont rendu dingo ! Nous voilà propres. Bon, ben il faut canaliser cette foule. Mon Russe prend la parole. Il explique tout, très vite, en vrac, dans le désordre. Il présente le nouveau roi, dit qu'avec lui la vie sera belle, que les impôts vont disparaître, le SMIC augmenter, l'essence baisser, etc...

Seuls quelques-uns, précisément expédiés ici par le roi, émettent quelques doutes. Pourtant, sensibles à la conviction que mon ami met dans son discourt, ils finissent par dire que bon, c'est d'accord, ils veulent bien lui redonner une chance, à condition que leurs fonctions leurs soient rendues, leurs biens également etc... etc...

Sa majesté qui retrouve peu à peu ses esprits, laisse parler, puis plus faux-cul que ton député, en rajoute.

– *Oui, oui mes enfants, promis ! Je vous rétablis dans vos fonctions. J'en rajoute même. Tiens-toi le petit, oui toi le petit noir très vilain, ben oui quoi toi ! Je te nomme ministre !*

De quoi ? J'en sais rien, ce que tu voudras, je laisse ta nomination en blanc, tu rempliras, Mais quand même, merde, t'es vraiment laid, fait un effort bordel. Tu peux si tu le souhaite porter plainte contre tes parents. J'appuierai, j'appuierai !!!

Oh, et toi là ! Mais je te reconnais, nous étions à l'école ensemble, tu me piquais toujours mon quatre heures ! Ah non ? T'es jamais allé à l'école ? Un sosie alors ! Ou bien au service militaire peut être ? Ah, tu ne l'as pas fait ! Attend, laisse-moi réfléchir, ça va me revenir !

Bon, en attendant voyons voir. Tiens-toi là, je te nomme grand porte-serviettes de bain, et toi le gros dégueulasse, mais comment fais-tu pour être aussi dégeu ? T'es pro ou quoi ? Des prothèses peut-être ? Non, même pas ! Bon, ça fait rien, je te nomme goûteur officiel à la prison. Comme ça tu verras, tes problèmes de poids vont se résoudre très vite.

Oh, et toi mon tout petit ! Comment t'appelles-tu ? Rashitik ? Quel beau nom ! Et qu'est-ce qu'il fait ton papa ? Ah, il était ministre, il est mort dernièrement. Et ta maman ? Ah elle est morte aussi ! Bah...c'est bien eux les plus heureux va ! Comment ? C'est moi qui les ai fait exécuter ? Alors je suis heureux d'avoir pu contribuer modestement à leur bonheur actuel.

Cela dit, voyons un peu ! Qu'est-ce que je vais bien pouvoir te donner à toi ? Voyons, combien tu pèses ? Ah, quand même ! Bon ben toi, je te nomme jockey royal. Désormais tu t'appelleras Shou Mhiyon. Tu monteras pour moi. Mais attention, si tu perds une course, tu reviens ici ! Allez, c'est pas tout ça, mais faut que je retourne au palais, j'ai beaucoup à faire.

– *Le palais n'existe plus, tu l'as oublié ?*

– *Ah, c'est vrai ! Bon, ben à la guerre comme à la guerre, je reste ici !*

– *Et moi j'aimerais bien rentrer chez moi, si tu pouvais me procurer un moyen pour quitter ce charmant pays !*

– *Putain, merde, c'est une idée fixe ! T'es pas bien ici ? Attend au moins mon mariage, je te veux pour témoin !*

– *Ton mariage ? Qu'est-ce que c'est que cette histoire ? Avec qui ? quand ?*

– *Mais avec une française ! Tu sais, la femme de ton mec là, celui que tu voulais faire libérer. Figure-toi qu'en fouillant ses papiers, mes révolutionnaires ont fait mains basses sur une photo de sa femme. Ils me l'ont montrée, je l'ai trouvée à mon goût. J'ai dénoncé son mari à la reine par lettre anonyme, puis j'ai pris contact avec cette personne en lui offrant les fonctions de première dame du Glankistan dès que je serai roi, elle a accepté et voilà !*

Oh, la salope ! Oh, la salope ! Oh, la chienne ! Alors voilà pourquoi elle ne souhaitait plus que je retrouve son mari ! Je t'avoue que je me délecte un peu en annonçant à sa majesté que madame ne sera jamais sa femme et encore moins reine vu qu'elle est on ne peut plus décédée. Ce qu'il me semblait pourtant lui avoir déjà dit. Mais bon, des fois on croit ...

– *QUOI ???* *Hurle Hann.*

– *Ma femme décédée. Comme c'est dommage ! Quel malheur ! Ma femme, ma chère femme, ah, comme je souffre ! Bon ben, c'est pas grave. Je vais faire arrêter les français de passage, il y en aura sûrement un qui aura une jolie femme. C'est vrai, j'aime bien les françaises moi. Je les trouve classe ! T'es pas marié toi ?*

– *Non ! Et j'espère pour longtemps encore !*

– *Dommage ! Quoi qu'il en soit, il faut fêter notre victoire. A propos, puisque tu retournes en France, fais donc un saut chez ton président, tu lui expliqueras la situation, ça évitera un timbre. Tu lui remettras cette clé, c'est celle du coffre qui contient les diamants, tu les lui offriras de ma part.*

– *Gardes-en quelques-uns pour toi, choisi les plus beaux, mais fait gaffe, te laisse pas rouler ! Ah, j'allais oublier ! Après ce que tu as fait pour moi, si un jour tu veux le poste de roi de France, fais-moi signe, je te filerai un coup de pouce, t'imagines ce qu'on pourrait faire ensemble ?*

– *A ce propos j'ai deux mots à dire à ton ami le Russe, où est-il ?*

– *Je suis là votre altesse !*

– *Votre altesse, c'est beau ça, redis-le encore une fois ! Laisse tomber je plaisante ! Dis-moi, mais quel est ton nom déjà ?*

– *Je ne vous l'ai jamais dit. Je m'appelle Ball Héruss !*

– *Et bien mon cher Ball, si tu m'expliquais un peu comment tu envisages notre association dans l'affaire du sulfate ?*

– *Je sais pas toi, mais je me sens un peu fatigué moi !*

FIN (Sniff !)

Printed by Amazon Italia Logistica S.r.l.
Torrazza Piemonte (TO), Italy

41559937R00103